INK INK INK INK INK
INK INK INK INK INK INK
INK INK INK INK INK
INK INK INK INK INK INK
INK INK INK INK INK
INK INK INK INK INK INK
INK INK INK INK INK
INK INK INK INK INK INK
INK INK INK INK INK
INK INK INK INK INK INK
INK INK INK INK INK
INK INK INK INK INK INK
INK INK INK INK INK
INK INK INK INK INK INK
INK INK INK INK INK
INK INK INK INK INK INK
INK INK INK INK INK
INK INK INK INK INK INK
INK INK INK INK INK
INK INK INK INK INK INK
INK INK INK INK INK
INK INK INK INK INK INK
INK INK INK INK INK
INK INK INK INK INK INK

INK INK INK INK INK INK
K INK INK INK INK INK IN
INK INK INK INK INK INK
K INK INK INK INK INK IN
INK INK INK INK INK INK
K INK INK INK INK INK IN
INK INK INK INK INK INK
K INK INK INK INK INK IN
INK INK INK INK INK INK
K INK INK INK INK INK IN
INK INK INK INK INK INK
K INK INK INK INK INK IN
INK INK INK INK INK INK
K INK INK INK INK INK IN
INK INK INK INK INK INK
K INK INK INK INK INK IN
INK INK INK INK INK INK
K INK INK INK INK INK IN
INK INK INK INK INK INK
K INK INK INK INK INK IN
INK INK INK INK INK INK
K INK INK INK INK INK IN

K INK INK INK INK INK IN
INK INK INK INK INK INK
K INK INK INK INK INK IN
INK INK INK INK INK INK
K INK INK INK INK INK IN
INK INK INK INK INK INK
K INK INK INK INK INK IN
INK INK INK INK INK INK
K INK INK INK INK INK IN
INK INK INK INK INK INK
K INK INK INK INK INK IN
INK INK INK INK INK INK
K INK INK INK INK INK IN
INK INK INK INK INK INK
K INK INK INK INK INK IN
INK INK INK INK INK INK
K INK INK INK INK INK IN
INK INK INK INK INK INK
K INK INK INK INK INK IN
INK INK INK INK INK INK
K INK INK INK INK INK IN
INK INK INK INK INK INK
K INK INK INK INK INK IN
INK INK INK INK INK INK

INK

文學叢書

195

草莓牛奶の望鄉

陳南宗◎著

草莓牛奶の望鄉　　目次

吳鈞堯（作家）——推薦

大家都說，這是一個M型社會，
陳南宗卻說，我們的世界跟存在，
都是一篇篇荒謬但又眞實無比的，M型小說！

陳雪（作家）——推薦

陳南宗的小說是網路與媒體時代的聊齋
是城市怪譚從每一個不可能的空間撕開裂口
讓各種乖訛　暴力　哀傷　情色　滑稽　的故事
混雜著我們對這世界自以爲熟悉
其實驚異陌生的印象
如藤鬚蔓延而出

駱以軍（作家）——推薦

陳南宗小說幻術是動物性的，是風林火山田野竄燒的。他是我們這座城市的一千零一夜巨人，從你翻開書之瞬，那些故事的妖魔便從怪異夢境之地平線洶湧竄出。

他的敘事激情，諸多人臉眾聲喧譁，每一個角色的孤獨執念、失落感傷或滑稽衰運，皆如傀儡師手中之絲繩，連結著更大的群體夢遊般的不幸。他的天才讓我期盼能成爲如赫拉巴爾、莫拉維亞、保羅．奧斯特，這樣的狂歡說書人。

我也想像有一天當我老去，或在某一酒館與此君重遇，像兩個薩克斯風爵士樂手，輕快的，惡戲的，溫柔的，魔幻的，一個故事一個故事較勁互飆，即興演奏。

黃哲斌（中時電子報副總編輯）——推薦

陳南宗的祕密

很難形容陳南宗的小說。

一方面，他的印記並不明顯，不像當你閱讀駱以軍，你會聞到駱以軍、當你閱讀朱天文，你會看見朱天文。

當你閱讀陳南宗，你只會看到一個殘酷、荒謬、沉重但又幽默自諷的浮生，在你面前走過。

這些浮生沒有名字，曾經一時半刻，他們讓你想起年輕時的黃凡，但終究不是，他們只是赤生生、或跳躍或浮游，在你手中的書頁穿梭。

另一方面，當你想在陳南宗的小說裡，尋找一些理工背景文學人的痕跡，例如H.G.威爾斯、艾西莫夫或張系國的影子，大多會空手而返。

雖然他以〈鴉片少年〉鵲起於文壇，精準描寫線上遊戲的虛實空間，雖然他的本業是稱職的程式設計師，但陳南宗證明這種追逐是枉然的，就像寫出〈速度的故事〉這樣精彩科幻小說的賀景濱，竟然「不太會上網」。

陳南宗的小說，往往從社會新聞或政治新聞裡，任性地走出來，無論是〈一根繩子的重量〉、〈父兮，So．還眞〉或〈兩百萬買回草莓牛奶〉，我發現陳南宗的秘密。

關於陳南宗寫作小說的祕密——關於他與工程師知識系統的最大連結，我懷疑，他的大腦裡安裝著一座巨大的、功能強大的搜尋引擎，他利用每天在新聞網站上班的優勢，只要餵進幾個關鍵字，經過一陣龐巨而複雜的運算，他就能吐回一篇又一篇詭奇的故事。這些故事如此微妙迷人，卻又充滿荒誕的眞實感，讓你以爲，他僅僅爲這世界拍了一幅快照。

實情是，搜尋引擎簡化了這星球，陳南宗則將它還原。

林志玲們

「那顆價值連城的頭啊，缺了它，名模就不是名模了。」

就著工寮晃顫的燈光，七個大男人睜著充血的眼睛徹夜不眠地切割，終於按照計畫把第一名模大卸七塊。那一天他的運氣特別好，抽中籤王，因而分得林志玲的頭部，於是剩下的六個人分配林志玲剩下的六個部位：右手、左手、右腿、左腿、胸、腹。

「我跟你換好不好？」分到胸部的眼鏡男苦著一張臉求他：「我捧著這東西怎麼進家門啊？給我女兒看到還得了！」

一旁的胖子抹抹汗油的臉，插嘴說：「最香豔刺激的讓你拿走了，還裝聖人？」將那隻蔥玉似的左腿提起來甩了甩，「要不一抵二，你吃點虧，跟我換吧。」

「色胚！」

「好啦，別在那兒嚼舌根。」工頭霍先生一臉嚴肅地說：「各人把自己負責的區域再順一遍，別到時候把事情搞砸了，我可賠不起。」

「唉，苦差事，不能摸魚囉。」夥伴們作戲地嘟囔著，他們基於種種原因找不到一份正職，只好在人力派遣公司排隊等零工，說摸魚其實是聊以自遣，他們心裡比誰都清楚，有一份餬口的活兒可幹，累死也甘願。所以形式上發過牢騷之後，這幾個日子過得不怎麼愜意的男人面對同病相憐的彼此，仍掩飾不了臉上代表欣慰的笑容。

他把自己的份兒收拾好，伸伸懶腰，與其他臨時工一起走出工寮，這才知道，天亮了。肚子立刻不爭氣地鬼叫起來。他覺得飢餓讓他的力氣一點一滴消失，雖然不遠處正有一家豆漿店不斷漫溢出誘人的食物芬芳，但他只是吞著口水，只能想像著包子饅頭燒餅油條在嘴裡咀嚼的滋味，當口袋裡緊餘的幾枚銅板跟著他顛簸的步履發出虛弱的聲響，他立刻想起來，家裡還有昨天吃剩的半條吐司，對，他點點頭想著，該先把吐司吃完，再過幾天兒子阿立又要繳補習費，省點錢要緊。

他把東西拽上那輛破機車兩邊加掛的貨箱。晨光下，那顆千嬌百媚的頭顱仰躺在泡棉鋪成的軟床，像巨碩的鑽王閃動耀眼的光芒。他慶幸自己有一個聰明的兒子，因爲兒子的先見之明，懂得幫髒汙的貨箱先墊上一層泡棉，美麗的名模才不至於髒了臉，他也就不會因爲這個瑕疵，被霍先生扣工錢。所以辛苦是值得的，他歡喜地想。他就剩兒子這麼一個親人，自從妻子跟一個野男人跑了，他能仰仗的人就剩兒子阿立了，今天作父親的這麼拚死拚活，圖的是兒子明天出人頭地光耀黯淡已久的門楣，看樣子好兒子沒讓他失望，看樣子那些補習費總算沒白花。

那麼，我也不能讓阿立失望，他在心裡發誓。這回他接到的案子算大，霍先生說，廣告公司撥下一筆大預算，要設法保住第一名模的寶座，如果活動進行順利，接下來還有幾波計畫要推，少不了各位一份的所以你們給我好好幹千萬不要出差錯了。不會的，他答應霍先生也答應自己，會把林志玲的頭部拼板按計畫布置到預定地點，絕對不會少它一塊，絕對。

他把那批印著名模頭部的拼板再檢查一遍。廣告公司著實費了不少功夫在製作這些精美的道具，他們計畫在北中南各主要商圈撒下這些拆分成七大塊的圖形，並且限時限額徵求完整拼出名模全身圖像的人，這些幸運兒不僅能夠獲得贊助商提供的高檔獎品，第一位完成拼圖的人，還可以與名模共享一頓燭光晚餐。當然，競爭之激烈可以預期，爲了防止造假，這批拼板比照中央銀行發行眞鈔的標準，每一塊都打上防僞線與浮水印，甚至還編了加密的號碼，可以說銅牆鐵壁地嚴防不肖，接過不少類似活動，他可是第一次瞧見這種大手筆大陣仗，馬虎不得啊。還聽說，廣告公司暗中製作了不少魚目混珠的拼板，同樣把名模大卸好幾塊，但卻是不同造型的林志玲，比方說，空姐林志玲，護士林志玲，女警林志玲，泳裝林志玲，女泰山林志玲……這些林志玲們有一個相同的特徵，那就是一定短少某個部位，譬如有的缺隻手，有的則少條腿，或者，當初根本就把胸部從草稿中挖除，連上印刷台的機會都沒有。如此，這個名爲「尋找林志玲」的活動，公司希望藉著多達七種造型但肢體殘缺的林志玲來擾亂粉絲們的拼圖，他們祈求在短期內將第一名模的聲勢捧上天，卻要避免太多人完成任務好節撙成本，所以出了這一計毒招，嘖嘖嘖，他搖頭喃喃，這算是一個願打一個願挨嗎？這麼說，他們分配到的這一組肢體健全的「天使林志玲」，確實是寶貝了，想想看多少志玲迷將廢寢忘食在大街小巷苦苦尋覓，以爲自己即將搜羅全部的拼板即將成爲那位與偶像共度晚餐的幸運兒，可到頭來卻發現竟爾空夢一場，他們怎麼也料不到廣告公司會來這麼卑鄙的一著——聯想到這，他把貨箱蓋用力闔上，鎖妥，然後緊張地環顧四下，那模樣正如幹下一宗分屍案的凶手，因熬夜而憔悴的面容堆滿可疑的焦慮與恐慌，怕被人發現藏在貨箱裡的首級似的。

就這樣，總數共一百張的硬卡分成兩落擱貨箱裡卻重壓著他的雙肩，機車駛往家裡的路上他一再盤算工時，最後確定自己能在約定時間內把一百顆戴著美麗光環的「天使林志玲」頭部發配完畢才停止操心，他想即便其餘的六人當中有哪個糊塗蛋把負責的部位弄丟弄壞還是擺錯地點，也不干他事，即便「尋找林志玲」活動最後成了笑話，也與他這個臨時工無關，因爲他不過是個左腿殘廢的缺錢跛子（瞧，當年同他的腿一起被那輛小發財撞爛的機車外殼還爛著，沒錢修呀），只要該給的工錢沒少給，總統被人幹了也與他無關。

所以他是帶著笑容走進家門的，這很罕見，於是他唸高三的兒子阿立馬上放心地露出心事重重的表情。

「你怎麼了？」作父親的今天輪到看兒子的苦瓜臉，卻不能像兒子平時那樣只壁上觀，於是他認眞地搬了一張椅子坐到兒子的書桌旁，問兒子：「是不是爲了補習費的事煩惱呀？」然後好整以暇等著。反正錢有著落了嘛。

但他悶頭苦讀長了滿臉青春痘的兒子卻搖搖頭。

「那，是考試考輸那個梁書榆了？」

又搖搖頭。

「你不是啞巴，別讓我猜行不行？」他終於失去耐性：「快說吧，扭扭捏捏像什麼樣。」

「說了也沒用。」他兒子淡淡地說，如常推一推鼻梁上那副黑框眼鏡。

「欸，老子難得心情好，你想挨揍嗎？」

他作勢捏緊拳頭，當初他的妻五成是被他這個動作嚇跑的。所以作兒子的不敢再玩下去，囁嚅著說：「是，是關於上禮拜我跟你講的，畢業旅行的事……」

「畢業旅行？」他裝瘋賣傻：「什麼畢業旅行？」

「我們全班同學說好每個人都要去，只剩下我還沒繳錢。」

「全班都去，你們老師規定的？」

「不是，是我們……」

「不是老師規定，你就不一定要去呀！我不是跟你說過，指考快到了，多花點心思準備準備，不要一天到晚想著玩，我賺錢不是供你玩的，明白嗎？」

「我哪有一天到晚想著玩啊。」兒子哭喪著痘臉說：「每天補習，唸書，考試，人家笑我是怪胎，笑我書呆，如果我連畢業旅行都不參加，他們會怎麼說我？爸你可不可以替我想一想？」

「我沒替你想？你說我沒替你想？我這麼辛苦賺錢是爲了誰？你怎麼也不替我想一想？」

他壓抑住火氣說：「我已經想盡辦法幫你籌了補習費，至於畢業旅行，很抱歉，只有等下次了。」

「下次？」兒子頓時呆若木雞。「畢業旅行還有下次的嗎？」

「大學畢業旅行嘛。」他氣急地拍了書桌，大聲嚷。

兒子阿立倒吸口氣，眼淚隨即從浮腫的眼眶裡湧出來。那傷心的淚水彎彎繞繞在大小不等的痘丘間給分成了幾道小溪澗，作父親的看了著實難過，心頭更揮不去方才兒子說的，認眞讀書卻被看成怪胎書呆，然而自己確實是拿不出多餘的錢，也只能教兒子自立自強了。

「別哭，兒子。」他改用一種慈父的口吻說道：「我們做人要實在一點，有幾分貨說幾分話，千萬不能打腫臉充胖子。要怪就怪你老爸不爭氣，連個畢業旅行都不能讓你去，以後，等我有辦法的時候，我一定補償你，看你要去哪個地方玩，爸爸再帶你去，好嗎？」

但他兒子阿立舉起袖子將眼淚鼻涕擦了，低下頭去，悶不吭聲地開始看起書來。這個舉止反映出父子溝通的又一次失敗，現在他不必煩惱兒子的旅費，但他與兒子間的距離又拉大了一些——沒關係，你等著看吧阿立——他咬咬牙，心底拿定主意，想到霍先生提過的廣告公司後幾波活動，他希望不久它們便能帶來許多收入，這樣他與兒子之間的裂痕便能獲得修補，總之在這一個寒酸落魄的家裡，所有痛苦的根源都來自於金錢的匱乏，只要有了錢，什麼事都好辦，只要有錢，他又會是偉大的爸爸。

那麼首先這第一次的活動便不能搞砸——他突然意識到事態的嚴重性。他看看牆上的鐘，早上五點多，如果要在七點起床上工，他還有不到兩小時的時間補眠。他想像自己精神不濟在街上飛車趕場的危險，緊張了，於是輕輕拍了拍生著悶氣的兒子的肩膀（雖然他兒子還是不睬他），然後胡吞了幾片吐司灌了幾口開水，便趕緊上床睡了。

卻睡不著。他閉上眼睛，發酸的眼珠子在眼皮裡面生燙，他想起鎖在機車貨箱裡的那批拼板，不知道車子停在外頭巷子安不安全，會不會被偷車賊連車子一起偷走，車子被偷走不要緊反正是破車，但裡頭的那些拼板可丟不得，這麼想著便又爬起，他走過兒子的面前走出門外，進門時手上多了一袋沉甸甸的東西，他兒子雖然賭氣中但還是好奇地盯著瞧，他不希望兒子的晨讀被袋子裡的林志玲干擾，所以就加快腳步不讓多瞧，這麼一來那唏唏唰唰的廢左腳拖地聲更顯刺耳，他唏唏唰唰的把整袋拼板搬進家裡唯一的房間，也就是他與兒子共用的臥房，才再度爬上床，安心地闔眼睡覺。

兩個小時很快地過去，他睡得很沉。鬧鐘叫醒他時他發現兒子的衣櫥半掩著而裡頭的高中制服已經不見，於是他曉得兒子還是乖乖上學去了。這時他忽然覺得有些心酸，想起兒子說的那些話還有痘臉上那些縱橫的淚川，他覺得心頭有一根刺在螫著，很難受。

可是豈有時間容他在那兒難受？他迅速盥洗之後，提了拼板便出了門，登上機車往向是一臉倦容的市街駛去。

上半天的工作進行得很順利，他手上那張寫滿地址的紙片也一一畫上了槓。只要他依規定把「天使林志玲」的頭部安置在穩當又醒目的地方，譬如配合活動的服飾店的公布欄上，他便把這家店從紙上槓掉。這樣，他的進度不因他的左腳而拖延，午餐時間來臨前他已經槓掉了十八處藏寶地，按這種速度他再花上三天便能將一百張拼板搞定，而霍先生給他五天。

他走進一家麵店打發午餐，順便喘口氣。這碗陽春麵雖然只有碎蔥拌碎肉，多的是油湯膩水，然而心情好也就吃得爽快，他呼嚕嚕把黃麵幾口掃進肚，說不出的滿足。

然而就在他用一根牙籤剔牙的時候，不爽快的事情發生了。他坐在麵店裡面，忽然就看見外頭擠滿了人，紅色的警燈閃呀閃的，原來是交通大隊來拖車子。他想到自己的機車也停放在黃線上，於是趕緊起身往店口走，但老闆娘喂的一聲喚住他，說先生你還沒結帳，於是他慌忙地伸手掏口袋，卻驚訝地發現皮夾不在口袋裡。他對老闆娘說我皮夾忘在車上，老闆娘便要一個夥計跟他出去找，他們在怨聲連連的人群裡擠半天才擠到他的機車旁，好在皮夾確實放在坐墊底下，他拿了皮夾跟著那夥計又擠半天擠回麵店裡，沒想到他一踏進那扇門，老天，他看到那只麻袋的封口被打開了，一個幾歲的小妹妹手裡拿著他的一疊拼板，在店裡的吃客中間發傳。

「哎呀，我的東西！」他大喊一聲，衝過去搶救拼板。小女孩被突如其來的吼聲嚇得踉蹌跌跤，拉高嗓子開始大哭，幾個從麵店老闆女兒手中拿到林志玲最新造型的吃客立刻打抱不平，有人衝他白眼，一個老兄在他意圖拿回拼板的時候出手推他，還罵他一句髒話，這樣混亂的場面直到老闆娘從廚房裡出來才獲得收拾。

「我女兒還小，她拿你東西是不對，但你也沒必要推她吧。」老闆娘瞪著他說。

他把收回來的拼板塞進麻袋，付過帳，匆匆逃離現場。

接下來的埋寶任務開始變得有些困難。經歷麵店事件，整個下午他不知怎的心神不寧，好像三魂七魄被偷走了幾個，當他穿梭在衣香鬢影的繁榮商圈，他看那些珠光寶氣一身名牌熙熙攘攘的紅男綠女看他的神情都不對勁，也許是因爲下午逛街的人變多了，他穿著骯髒的工作服滿身臭汗混在時髦亮麗的人群裡壓根就是個異類，甚至有賣場人員央求他加快動作把東西安好趕緊走人免得嚇跑客人。

他這樣走在熱鬧的街，孤獨地忙著，賺著微薄的工錢，看著別人大把大把地花錢。

「哼哼，這些成天享樂的傢伙。」他撫著麻袋裡的名模頭，不無嫉妒地冷笑：「不過你們哪個人知道，眞正的寶貝在我手上，你們的天使在我手上啊。」

麻袋裡猝然傳出窸窸窣窣的聲響。他聽見了，背脊無端起一陣寒涼。

那天晚上，他拖著疲憊不堪的身體回到家，一進門就看見該在書桌前讀書的兒子卻在打電話。

「跟誰講電話？」他有些意外地目睹這罕見的情景，輕聲問手持話筒吃吃發笑的兒子。

兒子阿立用唇語回他：「我同學。」

他怔了一下。回憶過往，他記得兒子從沒這樣開心地與同學打電話聊天，怎麼今天兒子吃錯藥，還是他自己太累看走眼？

「別聊太久，電話費很貴，你要唸書。」

他這麼叮囑過兒子，走進房裡，整個人馬上累倒在床上。他在床上趴了幾分鐘，又起身坐在床緣，開始想事情。想了一會兒，他將那只麻袋抓到跟前，然後拿出紀錄表，開始數起數兒。一、二、三、四……他累計著紀錄表上的槓，一槓代表一塊安置好的拼板，他小心地數著，最後得出一個數字。接著他又打開麻袋，將剩下的拼板倒在床上，一塊跟著一塊數著沒有遺漏，最後又得出一個數字。然後，他的腦子裡跑過一道簡單的減法。

「不對。」他忽然驚叫出聲：「這數目不對。」

再把剛才的計算重複一遍。「還是不對！」

他站起來，六神無主地在房裡搓手、跺腳。經由方才的檢查，他發現，拼板真的短少了，少了十一塊。趴在床上時他想起麵店的事，便擔心拼板會不會因此遺失，會不會哪幾個自私的吃客偷走拼板，或是那個頑皮的孩子將拼板拿去哪兒藏了，實際一數，果然就數出問題。

這下糟糕了，他在心底大叫不妙。他焦急地奔出房間，看到兒子竟然還在打電話，一團怒火驀然升上腦門，開口便罵：「畜生！你老子急得要死，要完蛋了，你還在樂乎乎地打電話，快給我滾一邊去！」

兒子阿立忙把電話掛了，又驚又怒地看了父親幾秒，起身便往屋外走。

「你去哪？這麼晚了你想去哪!?」他吼著。

「我找我同學去！」那雙腳達達未停，直走出家門，走了。

這時候作父親的簡直要瘋了，但他努力讓自己冷靜下來，「先找拼板要緊」，他開始撥電話。他照著紀錄表上的電話號碼，一家店一家店打過去問，想確認自己沒槓錯，想確認沒少畫了槓。

結果是，撥通電話的店證實了他的部分紀錄，可還有幾家早已打烊的店，讓他的查證處在一種混沌未明的狀態。於是他改變主意換找兒子，想了半天，卻連個起頭都想不出來。與兒子要好的同學有誰？他們的電話？老師家裡的電話？還有，究竟是誰和兒子聊天聊這麼久？他居然都不知道。他洩氣地跌坐客廳沙發上，莫可奈何地沉思著，是艱困的生活讓他們父子弄成這樣，要不是自己這條腿……可憐他沒想多久就倒在沙發上睡著了。意志的崩盤使得排山倒海的睏倦輕易淹沒了他，這個被貧窮壓迫的男人，在歷經一天的奔波與煩憂之後，終於能夠好好睡上一覺。

再度醒來，是被可怕的噩夢嚇醒。夢裡，他被一群無頭女身包圍，他聽到她們淒厲地喊著「還我的頭來」，乍見那淌血的齊頸斷面，他哀嚎著從沙發蹦起，重重摔在地上。

「爸你還好吧？」

他張開眼睛，撞見兒子那張痘臉逆光懸在半空，似笑非笑地俯視著他。

「你什麼時候回來的？」他掙扎著爬起來：「昨晚你跑去哪？」

「就說是去找同學啊，爸，你別緊張成這樣。」兒子阿立背著書包，一派輕鬆地說：「早餐我幫你買好了，在桌上，我要去上課了。」

他看著那充滿自信的背影消失在家門口。「怎麼，畢業旅行的事，忘了？」

可他即將面臨的災禍卻沒法忘。他幾乎是用跑百米的速度出家門，那條不靈光的左腿掛在身後簡直要飛騰起似的，首先他就趕到昨日那間麵店，也不管人家鐵門還半開就闖了進去。

正在剁雞的老闆娘提起菜刀對著他：「搶劫啊你！」

沒有，這裡沒有，最後他失望地走出麵店。老闆娘讓他把整間店翻過來找了，找不到半張拼板，他還想問老闆娘是否她的女兒藏了他找的東西，但心裡有一個聲音告訴他：別白費心機了。

此刻的他，只能走一步算一步。距離霍先生給的期限還有四天，他打算把剩下的地點跑完，再慢慢想辦法。慢慢想辦法。慢慢？想辦法？哈，他忍不住笑了出來，笑出了淚，他抹抹眼角，扛起麻袋繼續他孤獨的城市之旅。

四天之內，他瘦了一大圈。四天內的每一個深夜，他踏著愈發沉重的步伐回到自己愈發無望的家。最令他不能接受的是，當他如此煎熬地朝那個憂愁的日子迫進，他的兒子卻一天比一天快樂，那平庸的痘臉竟一天比一天滋生光彩，好像父親的艱苦不干他阿立的事，而且他阿立還要用自己的快樂來打擊他。怎麼不是呢，這臭小子的居心？養他十幾年，從來沒見過那張臉露出這麼幸福的表情，他不禁懷疑，是因爲畢業旅行去不成，兒子想要用這種方式報復老子，對否？果眞如此，他又何必煩惱幾天之後，那可能發生的災難呢。

不，不會的，阿立不會這樣對付我的。幾次從兒子手中接過禮物的他又忽忽否決了自己的猜測。他回想那張燦爛的笑臉，「爸，這是我投稿賺的稿費買來的，送給你」，這麼孝順的兒子，怎麼會呢。

便是如此，他在矛盾中度過四天，直到霍先生打電話給他。

「搞定了吧？」霍先生問。

「是，搞定了。」他說。

「一塊都不少？」霍先生又問。

「是，一塊都不少。」他說。

「很好。」霍先生說：「其他人也把手上的份全搞定了，你是最重要的頭，林志玲那顆價値連城的頭啊，缺了它，名模就不是名模了。」

「對，沒頭，誰也不是誰。」他附和。

「咱們倆的頭總算保住了。」霍先生打趣地說。

他沒說話。

他保持沉默等到霍先生把電話掛了，才掩著面伏在客廳沙發扶手上，無法克制地哭起來。他哭了。他自認再不會爲女人哭泣，可他今天卻爲了素昧平生的女人，一個美麗但遙遠的名模，爲她掉下眼淚，這個屈辱將使他無法抬頭做人，他這麼想著，傷心的淚水更難以抑止了。

晚上，等兒子從補習班回來，他把兒子叫到身邊，父子倆坐在淚痕已乾的沙發上，他說：「爸爸可能要讓你失望了。」

兒子阿立沒多少驚訝。「不懂。」

「補習費的事，可能，可能有變數。」

「噢，是嗎。」

「能不能跟補習班說，先緩一緩。」

「沒關係啦。」

「什麼沒關係?」他有些驚訝：「不是要繳錢了嗎?」

「爸，我覺得，就算不補習也沒關係。」兒子聳聳肩說。

「這怎麼成，」他神情激動：「不補習，怎麼上大學!?」

「反正上了大學也不一定能賺多少錢。」兒子邊說，邊從書包裡拿出一份報紙，遞給他：「看看這些新聞。大學生失業潮，大學生流浪漢，大學生自殺，都是大學生。」再把報紙翻面，到娛樂版：「再看看這些人。名模代言商品，七位數入袋，還有，時尚派對，花錢如流水。」他兒子輕蔑地說：「爸，你做得要死要活，還比不上人家在鏡頭前面擺幾個Pose。哼，大學生，又怎樣？」

「是不怎樣！」他盯著兒子的臉，心寒地說：「誰讓你有這種不切實際的想法？」

「我沒有不切實際，我說的是實話，是正在發生的事，記者會撒謊嗎？」他兒子指著他的鼻子，說：「就連你，也幫著這些人在蠱惑消費者，要大家掏錢買他們代言的商品，難道你不是共犯？」

「我操你媽的共犯！」

他終究出手了，那隻拳頭眞的打在兒子的身上，讓後者痛得倒在沙發上顫抖。

「我是共犯，你呢？」他淚流滿面地說：「我這個共犯，每天早出晚歸工作賺錢，是爲了誰，爲了我自己嗎？今天你竟然說這種話，你……竟然……瞧不起我……」他搖著頭：「老天爺，我到底該怎麼辦，我到底該怎麼辦啊……」

同樣的位置，他趴在沙發扶手上又嚎啕地哭了。但這次的痛哭，是一種徹底絕望的悲哀，他就這麼卸下父親的面具，在兒子的面前哭得涕泗縱橫，呼天搶地。

兒子最後也不忍心，不顧自己身上的痛，和父親一起抱頭痛哭起來。

而「尋找林志玲」活動如期展開，占據了各大報的版面，也占據了許多人的心。搜尋拼板的熱潮如廣告公司預期，追星族奉獻出自己的時間精力，將第一名模的人氣炒得暢旺，天一般的高。

他，一個失意的父親，從霍先生的瘋狂謾罵裡走了出來，走在氣氛熱絡的街道上，看群眾爲了殘缺的七種，不，現在是八種造型的名模，盲目的東奔西闖，互相走告。他想起霍先生說的一句話：

「現在你最好開始祈禱，那些消費者會饒過你！」

竟然，與兒子對他的評語組成上下文。

「哈，我是共犯，是，我是欺騙你們的共犯，饒了我吧，哈哈哈。」

他悲哀地在人群中走著，路，似乎沒有盡頭。

他兒子在學校墜樓的消息，是這條傷心之路的終點。他趕到醫院，看見雙腿打上石膏的兒子，當場跪了下去。

他問陪同的教官，兒子怎麼會摔成這樣，教官懊悔的說，因爲他把那些圖片沒收了，沒想到阿立竟然趁放學時間沒人，攀水管爬上三樓教官室的窗，想偷回它們，一不小心，所以……

「什麼圖片？」他抓著教官的手臂問：「你說阿立拿什麼圖片？」

「就是美女圖，一個好像是女明星的頭，蠻不健康的東西，你兒子卻拿到學校來給班上同學，我眞的很頭痛啊，你要體諒我們教育孩子的苦心，你們當家長的，一定要……」

接下來的話，作父親的再沒心情聽了。他坐在病床前，自責地看著打了麻藥沉沉睡去的兒子，好像外頭的世界再與他們父子倆無關。

是的，外頭的世界到底與他們父子倆無關。就在他爲了林志玲的頭部付出代價的時候，關於（八種造型的）林志玲的身體交易——右手、左手、右腿、左腿、胸、腹，還有最珍貴最稀有的頭——正在實體與虛擬、上流與下流、光明與黑暗、人與非人、無與有……的世界中如火如荼地進行著，沒有一個志玲迷發現這世上存在著殘缺不全的林志玲，因爲，就像恐怖漫畫中那位砍掉頭部依然不斷長回的女主角富江，失落的部位終究會找到塡補，林志玲們，開始在癡迷的人們心裡不斷繁衍，增生……

他聽到什麼聲音，拉上窗簾。

一根繩子的重量

「如今只剩下我了。」

有一種暴力，你無從閃躲亦無從還擊，當它迅雷不及掩耳向你揮出一拳，你脆弱似嬰孩。有一種反智，你不忍理解亦不忍苛責，當其癡童一般吞吃其中一角致使世俗的邏輯拼圖無可能完成，你唯有徒呼負負。有一種疫病，你難以預測亦難以根絕，當它像愛滋患者體內的病毒那樣毀滅宿主繼而自毀以前不知又悄悄感染了多少人，你提心吊膽，束手無策。如此一系列世人難以匹敵的，基督徒或許會名之爲黑暗力量的物事，很不幸地都與一根繩子有關。

忘了何時開始意識到它的，那根極黑之繩。不，那原本被發明來捆縛、牽曳、串接或者裝飾，常以棉麻（邇來多了人工合成塑料）材質出現的文明工具，現實中不一定被塗染成黑色，但突然之間，像渾身散放著不祥氣味的蛇族（兩者形貌恰恰宿命地相互疊合）遭神與人先後驅逐而只能現身於沒有光的、骯髒溷臭的、正常社會背面的所在，帶著令觀者怖懼噁心的陰森容姿，總是一端纏繫著堅固穩定足以撐吊一具人體的基座（點滴架、屋梁、一棵蓮霧樹伸長出的一截枝幹），另一端，當然，則無可避免纏繫著一個死者的頸脖，彷彿物理課堂上一組安靜垂懸著用以演示地心引力現象的教具，而我們是一群天資駑鈍（記憶力尤其差勁）的後段班學生，每每在這幕「力的平衡」之前露出極度訝異或極度困惑的表情，然後轉身去與同儕議論紛紛，不多時也就渙散了注意力，最後徹底遺忘，等待下一次再被同樣的情景駭住或惑住。是的，下一次，總有下一次的。若是有長輩在的場合我這麼說肯定被呼巴掌，然而就像那些民俗忌諱原就根源於潛意識裡的深層恐懼，對於眞正的災難來臨時刻的不確定感，驅使命運的弱者們呼朋引伴勉強搭構出一張孔目過大因而徒具形式但求心安的防禦網

（譬如徹底避用與「死」諧音的「四」，或者學我老媽那樣將其拆喚成「三加一」），要求每一份子務必相信並齊力撐持，但結果呢？正如我必須甘冒不韙指陳的這個事實：醫院與葬儀社仍無一日蕭條呵。於是那一根標記了死亡的繩頭，輕易穿過（或戳破）人類編織出來用以自欺的謊言網罟，在任何時點，偷偷吊起一個因著各種理由拒絕再玩的人兒。

說到這，我突然想起來了。我想起來第一次清楚感受那根繩子勾掛了某物而鬼祟晃盪，應是一九九一年一月四日，那個潮濕霧翳的清晨。

當時我是個與聯考艱苦鏖戰的哀怨高三生，如往常拖著熬夜K書而疲憊不已的身子擠上開往竹南的平快列車（那是彼時唸新竹省中的後龍人的我，迢迢上學路的前段，那之後仍得在竹南轉搭另一班車往新竹），與一票同校或不同校、被火車沿著海線一路撿拾的學生們或站或坐或卡在幾個趕赴早市的販雞老嫗的雞籠之間（車站的告示不是明寫著「寵物不得上車」？），一起聽著車軌間傳來喊哩匡啷規律轍響同時聞著車窗外田間莊稼物的生猛氣息，任憑車廂搖晃甩弄我們軟趴趴的睏懶身體而毫無怨言——事實上，塞滿了學生的早班車裡通常極安靜，所有乘客皆默契十足地緘口垂首，想是魂魄尚未從睡夢中歸返的緣故——沒有人交談，僅偶爾響起幾聲百無聊賴的咀嚼與吞嚥，那是孝順的父母們於孩子上車前匆匆塞給後者的早點，多半是燒餅油條小籠包飯糰一類，務必於進教室前將之幹光否則就等著讓它們餿臭掉最後扔掉。那樣熟悉而頻頻暗示日子之千篇一律的尋常光景，我半閉（其實是半睜）眼睛呆望著，以爲又是可單純目爲空白的一段時光遂拚命地縮減感官儲備力氣好應付接下來一整日埋首書堆的陣仗，差不多就要沉沉睡去，但忽然間，像是刻意不讓眾人錯過，誰把隨身聽廣播新聞的音量開到最大，整車的人都驚醒了，都在同一時間聽到那則讓空氣刹那凝止的噩耗：

「我們喜愛的三毛女士，今日凌晨於醫院自縊身亡，永遠地走了……」

讓我試著用一個形容詞描述當時車廂內漫起的氣氛：古怪。不是驚嚇不是哀傷亦不是干吾底事的冷漠，而是古怪。像嘴裡塞了情人苦心焙製卻味如狗屎的愛心蛋糕吞不下又不敢吐出的尷尬，車內的乘客們強裝鎮定，但暗自尋索著適合的表情，希望那表情掛在自己臉上不會顯得虛僞突兀，而能讓旁人滿意。滿意什麼？滿意你「確乎如儀地表現出一個教養社會下的正常人所該具備之對他人不幸的標準態度」，至少，你沒有笑。然後，窸窸窣窣我開始聽到有人壓低聲音按捺著某種施打了興奮劑似的激昂情緒，怪里怪氣地與鄰座的友伴嚼舌起來，「啊怎麼可能」「好可惜」「幹嘛這樣傻」「一定是因爲……」如此不由自主地在人前人後扛負著這些莫名生出來的情感長達一整天或更久，即便這些情感與自己之間其實是何等的疏離與陌生。

一直到最近這幾年，當那根繩子又晃盪了幾下，那上頭又多掛了幾具冰冷的軀體之後，我才慢慢養成足夠的洞察力與領悟力，去拆解十餘年前那個清晨那列北上列車那節車廂裡，我所知覺的古怪（極諷刺地我竟必須透過更多這樣的犧牲，猶如以活人獻祭的冷血祭司終於求得天諭）——原來不是單純地肇因於那些乘客在我面前活生生展示人類對一樁嚴肅事件

（一個女子的死亡）的輕浮偷窺八卦心態，並不是那樣，如今我赫然發現，當年自己愚騃的眸子在那一刻忽有早熟的犀利，或許是知名女作家的死化成一粒巨大的拳頭猛然將我焦距過大的近視眼捶擊矯正，我記得我看見一批充滿自信與驕傲的臉：法官、心輔師、精神科大夫、良民、幸福人士……每一張臉皆炫閃著金光恍若大佛殿裡的金身塑像，列位咸是修成正果的仙佛神聖，刻正對著自殺墜入阿修羅道的孽魂講經說法，「不該呀不該」「愚昧啊愚昧」「參不透你參不透」，這般的義正辭嚴。不就是局外人占據了制高點的耀武揚威罷了。我忍不住想問（包括問我自己），有朝一日身處同樣的人生困境，可有把握不受那一根命運的繩索誘引，而兩腳一蹬？

每一次在公共場所撞見那位永遠的孫叔叔滄桑著老臉拍攝的公益廣告，勸人「暫停一下」的那個，總有置身教堂面對一位證婚牧師的錯覺。這位不再說快樂故事的老牧師面色凝重，詢問新人「你是否願意與×××一生廝守互信互愛」那樣莊嚴肅穆地詢問往來路人，是否願意與自己的生命一生廝守互信互愛，即使對方變老變醜變得不如美好的最初，依然不離不棄？「是的，我願意」——我想這標準答案喊在新人口中必像蘸了蜜的甜，但假如將人生的時鐘往後撥一點，再往後撥一點，那宣示忠誠的語氣也許就要遲疑些、頹軟些，當美麗的妻子被柴米油鹽折騰成黃臉婆，而浪漫體貼的丈夫被現實壓力磨光耐性，純潔無垢的靈魂隨著臭皮囊於混沌濁世衝闖得傷痕累累面目可憎的時候，也許，「保持冷靜」反成爲一種不切實際的浪漫了。（忽然聽到列車中那群金面神佛，凶惡無比的詈罵。）

於是當年的我難免要感到古怪：活著，果如他們所說那般理所當然，那爲何有人要選擇結束生命，讓這個向來強調理性的社會像是被人蓋布袋痛毆那樣，只有白白挨打的份？（是故慣以樂觀聰穎形象出現的三毛女士猝不及防做出那樣的「傻事」，坊間隨即幫她編派了一個極美麗的理由，即她以濃濃文藝腔陳述過的一段話：「如果選擇了自己結束生命這條路，你們也要想得明白，因爲在我，那將是一個幸福的歸宿。」）又思及心理學大師楊格說過的：「對生命增加珍愛的人，同時增加了死亡的恐懼」，那麼，那些無懼於死亡的人，是否就是輕賤生命，對自己的人生徹底厭棄，因而踏上不歸路，是這樣嗎？

曾經差點作了某酒肉朋友的妹婿。我不記得那一個可以說是我這一生唯一以極感性腔調與那樣一位美麗女子剖腹交心長談的夜是怎麼來的，但我永遠記得，朋友的妹子（一個與其人渣老哥的猥瑣樣迥然相異，容貌身材不輸一線模特兒的二十歲女孩）終於卸下心防當著我的面挽起袖子露出那一截白嫩滑溜，但驚悚劇般爬滿恐怖刀痕的手臂，那一瞬間，我的心被什麼戳刺而汨汨淌血。之後女孩像越戰退伍軍人那樣，細數那一道道暗紅色痂疤標誌的是哪幾段創傷記憶（這一條是爲了傑尼那個爛咖，這一條是拿掉孫的種時，拿美工刀割的，還有這一條……），臉上且帶著男人們對女伴炫耀當兵經歷時，那種「沒什麼大不了」的驕傲神色（我是多麼用力盯注那枚年輕漂亮的臉蛋，期能找到一絲憂悒來挽回我對人性的最後一點信心，但我失敗了，多年後我造訪親戚家，看著親戚那個唸小四的女兒炫耀地展示手腕上一道淺紅色痕跡說班上正流行著一種割腕遊戲，我竟面無表情），當下我只覺得眼前這個女靈魂墮落了，「這麼糟蹋生命」，可回頭想想，難道她不是太在乎太急於抓住生命中稍縱即逝的那一丁點幸福，屢屢受挫之後才心死的？（結果，爲了不讓這名可憐女孩再度心死，我逃走了）

所以眞難，這人生。此一艱難課題造就了多少哲學家、文學家、宗教家、精神科權威以及他們爲數龐大的消費者。令人氣餒的是，芸芸眾生漸漸不耐煩於學術的、理論的求生法了，那太耗時（要知道現今可是十倍百倍速的時代），亦太耗力（得留一點供逛號子看盤用），於是騙子、神棍、藥頭、諧星們輪番上場，假若還是無法讓你抗拒死神親愛的呢喃？沒關係，平面或網路，自助式或集團式，有版權或開放架構，那本「完全自殺手冊」已過氣如今當紅是流竄於闃黑下水道般地下自殺網絡的「自殺指導師」，包君滿意。（相信嗎，親眼看見有書店店員將那本自殺書納入一櫃諸如《養生食譜DIY》《青春活力六十秒》的保健書籍中——如何「死得更健康」？）

忽然間，自殺像瘟疫那樣大流行起來。我聽到那根潛伏暗處的繩子飢渴地發出咻咻聲響，好整以暇等待著。（在死亡作爲一種顯學的後現代文壇，這一兩年先後失去兩位早慧的年輕小說家，一位擅以淡墨勾勒人生的各場送行，另一位則填充人生以神祕詩意的留白，當二者如流星般劃過夜空匆匆殞落，我感傷甚且憂心忡忡，腦海裡兀自浮現他們共同的朋友的臉，那一位耽溺於死亡書寫、人稱惡漢小說家或人渣小說家的前輩，在與乖謬醜惡的現實搏鬥了那麼許久之後，「如今只剩下我了」他會否如此喃喃，最後竟絕望地走進自己虛構的死亡敘事裡……）

在這樣一個危險的時代，我希望人人都像我一樣，擁有至少一套保命的祕方。而何其幸運，我私藏了三套。

首先，是我鄉下老家，間隔著爸媽與我的臥房的夾板牆，那上頭一處斷裂的雕花。大概是我唸小二的時候，某天獨處在家，不知怎地突發奇想竟欲一探上吊感受而拿一條童軍繩穿過雕花孔隙再把頭伸進繩圈裡，仗著腳長以為安全無虞，怎料一個不留神雙足滑蹬整個人眞給吊起，一下子脖子給勒得差點斷氣，幸好雕花承受不住我的體重而崩斷，現在留在原地成為一個永恆的恥辱。

再者，一棟隱匿於舊眷村、裡頭燈光昏暗的製繩小廠，一雙殘疾人抖顫故障的手像握著千斤重物那樣握著一束麻花使勁地拚命地搓揉，「多虧老闆好心，讓我有工作！」感恩的眼神看得我們這些好手好腳的社區參觀者一陣羞，再不敢想像有人十指靈活把這個生命勇者辛苦捻出來的繩子打個漂亮的結只為勒死自己。

最後，與一群準新人坐在婚前婦幼課堂上看著影帶中的產科醫師成功挽救遭臍帶纏住頸子而性命垂危的小胎兒，不約而同淚流滿面歡呼鼓掌，那溫馨動人的一幕。

三段記憶，三塊鉛錘。增加了「那一根繩子」的重量，爭取了更多考慮的時間。從此刻起，試著尋找你自己的鉛錘，可乎？

米蟲

「這是報應。老天爺要罰我。」

一個人的發言權，取決於他的生產力，這道理我到最近才明白。

也就是在我把寫小說當作畢生職志的那一刻，我終於領悟，原來父親的眼中充斥著種種徒蝕糧米的害蟲，「浪費社會資源」——他的意思是浪費了他支付出去的大量金錢——「浪費社會資源的米蟲！」是的，雖則他此回嘲諷的目標是文藝青年以崇仰眼神盯注著的，電視屏幕或書本上的文壇前輩們，可我內心其實非常清楚，這位任職跨國大藥廠、欣逢人人皆貪生畏死之紛亂末世而能靠著種種保健藥品海撈狂削的所謂生物科技專家，我父親，已明暗將他的獨生子與那卑微恥辱的物種，米蟲，串接在一起了——一如他對自己的老父所做的。

寄居在兒子準備的這個外表光鮮的水泥巢穴，我那來自鄉村的爺爺實已失去大聲說話的能力。除了吃喝拉撒不得已弄出一些聲音，這個七十歲老人大半時候皆緘默無語，非常合作地維持著生技專家的兒子要求的最適分貝數。偶爾我在房間寫稿寫累了，停筆的頃間，突然記起偌大的屋子裡還有爺爺的存在，那時便會隔著一堵牆，想像牆的彼端那張似困思某事而略顯呆滯的表情，是如何地疊映在壁掛的奶奶遺照上而沒有半點聲響。也許，之所以如此想像，是因爲我一抬頭即能看見書桌上母親遺留給我的照片，相框上的玻璃映射另一張較爲年輕但同樣呆滯的臉孔，我的臉孔，遂不由自主聯想它承繼的血脈上游，隔牆的爺爺，也是這般安靜地與身處另一個世界的親人對望。無奈。從容貌起始的，祖孫倆如此相肖的命運。在這個失去女主人而由父親獨裁統治的家裡，我們漸漸習慣以沉默表達意見，不一定是默認的，即便聞見極不合理之事，譬如父親擅於延長人類壽命卻又鄙視喪失生產力的老人，爺爺和我仍然不多說什麼。

但至少，我還有一枝筆與一疊紙。沙沙沙沙，聆聽筆尖畫過紙面的可愛旋律，我得以意識到，我還活著。可是爺爺呢？晨昏坐在面窗的搖椅上迎接旭陽送別落日，面對分隔許久的孫子只是點頭微笑卻不曉得要交談什麼，拿著電視選台器胡亂切換節目頻道卻找不到熟悉的歌仔戲，走出家門看見四通八達的城市街道卻無處可去，這樣的爺爺，再如一只悶葫蘆般不發聲，難道不會悶出病，不瘋嗎？

最後還是我忍不住了。基於祖孫的情誼，更準確的說法是出於對夥伴的憐憫，某一天，我鼓起勇氣敲了敲那間彷彿空房的房門，向門後那位滿臉皺紋的退休老農說，寫字的孫子需要一個關於農村的故事，好不好爺爺你與我說說。

就這樣，我成功地啓開那枚緊閉若蛤殼的唇。

「我跟你講，你莫說是我講的。」

「知啦。」

「尤其不能告訴你爸。」

「好。」

「作夢也不能講出來欸。」

「一定。」

「是按捏哩，你聽著，多年前……」

多年前那個異常炎熱的夏午，少年阿松如常牽水牛在後隴大水圳泡過澡，繼續守在老厝田邊的榕樹下趕鳥。這件枯燥的差事將持續到太陽下山、村裡升起第一柱炊煙爲止。大姊在的時候還能夠輪著做這事，可惜開春時她已嫁給鄰庄養豬的黃大哥，成爲人家媳婦所以得搬去那間飄漫著豬糞味的四合院，現在只好由他么子阿松單獨來望著這半甲田發呆。這是農家子弟的命，阿松懂。他也不怨，比較難熬的是榕蔭下的大把空閒與大把蚊蠅，前者讓他不得不胡思亂想空作白日夢，後者卻又嗡嗡嗡地不斷擾亂他的思緒，讓美妙的想像支離破碎的，比腦袋放空更無聊。於是試著尋找有趣的活兒，譬如收集草葉間散落的無花果、茄冬子、松毬或吃剩的龍眼核，拿它們擲偷吃稻穀的野鳥。擲不中，就擲田間矗立的呆傻稻草人或垂頭喪氣的破布旗出氣。

荷荷荷，阿松扯開喉嚨朝稻田嘶吼，波波回聲暫時驅走一些雀鳥。飢餓的雀鳥去了又來莫不貪圖啄兩下父親辛苦栽種的稻子，他呆看流雲間時翳時顯的天光把大地映照得一片片暗下又一片片亮起，心中暗求這批莊稼快快成熟，不爲什麼偉大的理由，只因如此他與村裡那些孩子就不必一整個下午被綁在田邊樹下，大夥兒可以一下午在溪裡戲耍，釣魚泅水摸蜆仔。阿松越想越期待，繞著榕樹哼歌走跳，又突然止住——不行，他思忖著，稻子熟了要收割，父親會給一把鐮刀教他下田，並不是怕累，是父親鐵定這麼說，「看阮阿松比去年進步多少」，帶點嘲諷意味地，提醒他勿再笨手笨腳三不五時割破手指或被稻稈絆倒。

「是米蟲否？只曉吃米不曉做工的就是米蟲，無路用啃。」

阿松忘不了母親爲他包紮傷口時，大伯在一旁冷冷的揶揄。所以秋天對他這種手腳憨拙又不幸生在農家的孩子而言，是個多麼灰暗的季節呵。想想稻子割下來之後還有繁冗沉重的打、曬、篩、裝，一肩肩扛進村裡的大穀倉堆藏……阿松想到座落於村長家不遠處、傳聞有逃兵吊死在裡邊的那一間漆黑大穀倉便不敢再想下去，當他發覺四周忽爾安靜下來，蟬聲鳥聲蚊蠅搧翅聲好像一下子統統消失不見，只餘沙沙的風吹樹葉響與自己撲通撲通的心跳。

另外還有一種奇怪的聲音。

他警戒地拾起一塊石頭走近田埂，忽看見某處的稻子竟然倒了下去，駭得揮臂便扔，也沒特別瞄準，就命中目標。

哎呀！

阿松知道自己砸中了人，愣住一下子。但他懷疑入侵者可能是來偷瓠瓜的賊，也不知哪來的勇氣，像要彌補不能去溪邊的恨憾，拔腿即往搖曳的稻浪衝去。幾隻麻雀給驚得沖天飛起，像節慶時廟口放的煙火，阿松莫名亢奮，飛奔的腳步似眞踩在溪澗浪頭而他是龍王遣來捉拿惡徒的特使，「休得走！」野台布袋戲搬演過的口白飄過心頭好威風，父親與大伯的訕笑全然拋諸腦後。

然後，他竟就看見「米蟲」。

「米蟲」臉色蒼白地跌坐一叢夭折的稻穗上，一隻右手撐在軟泥地，左手無力地抬起又放下：「你……」

少年阿松與梁大哥的初次會面。

大人們口中遊手好閒、好吃懶作的「米蟲」，姓梁，一個外地來的年輕人，住在村尾相思林旁一間原來醃醬菜的木造作坊。醬菜生意慘澹之後，作坊主人以房租貼補家用，按月積累，竟也能在下莊蓋大厝，最後舉家遷徙過去。所以村裡的流言蜚語擾不了他們，只在像阿松這樣的村裡人中間傳遞，增添一些茶餘飯後的話題。阿松看著「米蟲」，想起那些閒話，覺得好笑卻不敢笑出來，眞的有點痛苦。好比說，上回阿財的爸發現穀倉頂有鬼鬼祟祟的東西，一看，竟然是這個「米蟲」，正沿著屋脊慢慢爬動，不知道在幹啥。「按怎上去的？讀冊讀到頭殼空空！趕緊落來啦！」還是一夥人在底下三催四請，才結束這場鬧劇。

「你在我阿爸的田裡做啥？」阿松忍著笑意學大人說話，伸手攙扶起那具瘦長的身軀。隔著一層白布衣的男子肉軟似母親做的紅龜粿，心頭遂浮現金火哥起鬨在稻埕演的那齣「憨秀才」，尤其一段模仿白面書生於市場雞攤前看人宰雞嚇得花容失色的阿娘仔款，所有人看了莫不笑得東倒西歪，包括阿松自己。

「多謝。」姓梁的拍拍衫褲，說：「我，做科學研究。」

阿松聽得一頭霧水。不過他總算看清楚「米蟲」的長相，覺得對方大自己幾歲，一張瘦臉白淨秀氣，與村裡的莊稼漢相比，倒眞有幾分姑娘味兒。而這樣的臉膛笑起來是很和善的，阿松也沒追問下去，最後只默默地用眼神送走了那個細長的背影。

那之後，阿松的內心起了異樣的變化。那是一種近似於躲迷藏時，既興奮又畏懼的複雜感受——隱匿的興奮，怕被「鬼」捉到的畏懼。若說偷偷與「米蟲」交談是一種隱匿的刺激，則擔心被金火哥等村裡人知道，或將是日後長久拖磨的苦刑了。可這麼一來，金火哥不就成了那個「鬼」？不，不會的，金火哥不是那種雞腸鳥肚的人，只是說幾句話，沒什麼大不了，我怕什麼？阿松努力說服自己，又把那日在圳裡和討人厭的春雄打架，金火哥宛如天神下凡從牛背一躍入水的景象在心底重演一遍。他記得孩子頭的金火哥爲了彼時落敗被春雄壓著吃水的自己而不顧一切跳進圳裡解救，因而大腿被溪石割傷流血時，只是笑笑，什麼話也沒說，這樣好的兄哥，哪會是「鬼」哩？阿松搖搖頭。

接下來的日子，躲迷藏的緊張感也就漸漸淡了。阿松幾時開始喊這位經常造訪自家田地的外人爲梁大哥，他自己也忘了，不過他清楚「米蟲」這個綽號已隨著兩人的友誼建立而被扔棄，偶爾梁大哥微笑看他，他還會因爲想起曩昔自己的幼稚而雙耳赤紅。

趕鳥的工作亦不再無聊。當那一抹清瘦身影固定於午後浴著光出現在田埂上，阿松便急迎上前，有模有樣地學著左看看右摸摸那些熟稔的作物。「我在做研究」，模仿梁大哥煞有介事地說著，什麼意思？阿松不懂。不過看梁大哥正經中帶點閒適的讀書人風采，以及看似散漫冶遊其實詳細觀察著身邊事物的獨門功夫，阿松想，也許祖父生前講古時說的，古早時代的秀才，正是這模樣吧。

「你是一個孝順的孩子。」某回兩人一起坐在榕樹下休息時，梁大哥突然對他說。「你幫家裡做很多事，讓你父母輕鬆不少。」

阿松臉紅了。「你怎麼知道？」

「聽你阿爸說的啊。我經過廟埕前，旁觀他與別人下棋，不小心聽到的。」

「你騙人，我阿爸才不會那樣褒我。他覺得有我這款後生，眞見笑。」阿松聽見屋內午寐著的父親響起如雷鼾聲。

「我不騙你，你要相信我，也要相信你自己。」那一張瘦臉頓時變得嚴肅，讓阿松感到震懾。

然後阿松終於鼓起勇氣問了：「梁大哥，你爬上穀倉頂，做啥？」

「你說那個啊，哈哈。」

「我跟你講你莫生氣。他們，他們在背後笑你空空。」

「唉，這些人。」

「那你到底爬上穀倉頂做什麼?」

「裝鐵棍。」

「裝鐵棍?爲什麼?」

「在頂端裝一枝鐵棍，這樣穀倉就不怕打雷，不會有起火的危險。」梁大哥站起來，手指著天：「天公不長眼睛。」

一陣焚風吹來，夾帶的砂土讓兩個人的眼睛泛出許多汁液。梁大哥揉著目眶，說：「想不想來我住的地方玩?我教你識字讀冊。」

「現在?不行啦，我要趕鳥。」

「你果然很孝順呢。」

又一陣風吹來，樹葉飄搖的聲音像是爲了呼應少年郎相視無語的笑：嘩啦嘩啦，嘩啦嘩啦。

「怎麼，你身軀生米蟲?」

當天晚上的飯桌邊，阿松的爸瞇著眼睛，對多扒了一碗飯的兒子這麼說道。

走進梁大哥那透發豆油膩香的窩，阿松立刻明白，自己與屋主人隸屬兩個不同的世界。四處堆疊如小丘的書冊，桌案上整齊擺放的文具，還有角落斗櫃上用木片釘製的各式不明用途框格以及框格中用透明器皿盛裝的，「實驗標本」，屋主人這麼解釋，讓甫到別人家裡的阿松忘卻禮數而好奇地到處翻弄起來。但梁大哥非常樂意。也許是因爲這裡根本沒什麼人來，所以當阿松對白紙黑字的反應是興趣缺缺，反而一股勁兒的把玩床頭上擱著的鐵灰色長形金屬，問「這是什麼」的時候，那雙細長的手與纖薄的唇當下合作，用那長形金屬吹奏出一段悠揚悅耳的樂音。

阿松聽得傻了。他張大嘴巴半天忘了眨眼以至於目眶變得乾澀繼而溽濕，眼前的梁大哥便像霧中神仙那樣，在裊裊的仙樂中虛無縹緲，形姿莫辨。

「這叫口琴。」布袋戲裡那位半人半仙的瀟湘子說：「想學的話，我可以教你。」

啊，弟子叩謝師恩。

秋終究來了。

曾經，阿松最畏懼的季節，汗味、草屑與蟲鳥漫天飛舞的收穫日，有了口琴的旋律相伴，竟變得趣味盎然。

少年阿松不會忘記，那一個落日餘暉浸染大地成豐收金色的黃昏，執著口琴的梁大哥遠遠站在大榕樹下，爲他在異鄉小村的第一個朋友吹奏的收割進行曲，那樣動人的一幕。

「阮的阿松轉大人了喔！」

跟著琴韻迅捷揮舞鐮刀將稻草一一斬倒的阿松，在大伯滿意的笑聲裡蛻變成蜂成蝶，昂首接受父親欣慰目光的洗禮。

然後他向樹下的身影揮揮手，也不管前來幫忙的村民們狐疑：「怎會結識那傢伙？」義無反顧地。

是夜，因著收割的辛勞，以及打倒秋天的凱旋喜悅，阿松像村裡的農夫們那樣，深沉而甜蜜地墜入夢鄉。

故事並未就此圓滿大結局。

事實上，冥冥中注定好了的，無可避免地要發生。

「你怎會結識那傢伙？」金火哥站在橋的中央黯著臉說。

該面對的還是得面對，阿松心頭篤定，直挺著胸膛站在橋的另一端。他手裡提著母親做的糕點，正欲前往梁大哥的木屋，不想就在橋頭遇上村中男孩子組成的奇怪隊伍。領頭的金火哥不知怎地面色不大好看，隊伍裡的某人不小心讓手上的木棍滑落在地時，他甚至回頭凶惡地罵。

「我說，你幹嘛去和那種米蟲交往？」雖是問句，但金火哥壓根沒有問的意思。阿松後退一步，開始覺得慌張：「我……我沒……」

「沒你個大頭！」又是那個討厭的破鑼嗓音，阿松沒料到春雄也在隊伍裡。「我明明看到你常往那間醬菜房跑，白賊七！」春雄說完，拉高音量唱：「兩隻米蟲送做堆！送做堆！」

阿松忍耐著，他知道自己唯有忍了，低著頭快步經過長長的隊伍。

「有人偷穀子！」金火哥忽然在他背後喊。「我們會把他揪出來！阿松你聽見了？」

阿松開始奔跑起來。途中被隊伍伸出來的一條腿絆倒，爬起來，繼續跑，跑過橋尾，跑得心臟幾乎要從嘴裡跳出來，還能聽到身後的斥喝聲便不能停，就這樣，阿松氣喘如牛的，終於抵達相思林邊那間寒酸古舊的小木屋。

「梁大哥……」他站在門前輕輕地喊，一口氣差點接不上。卻沒人應。他再靠近那扇紙門一些，見屋內燈火投射在紙門上，映出不只一個人形。

「有別人？」

阿松疑惑地屏息聽著，屋內的梁大哥正與誰低聲說話。他凝視著紙屏上晃動的影像，猛然跌入童年的一段記憶。當年村裡請來酬鬼神的皮影戲班，母親千叮萬囑不可前往觀看，愛看戲的小阿松居然半夜趁著全家人睏死，偷溜出門，孤魂野鬼似地坐在廟埕前把整齣神語發音的八仙過海看完。隔天早上，村民赫然在田溝裡發現全身發燙的阿松，小嘴喃唸著不知哪一國話……。

紙門這時候刷地一聲被推開。阿松急急躲到一棵相思樹後，瞥見神色慌張的梁大哥，催促著兩個陌生人，要他們快點上路。

「把東西藏好。」那兩人肩上的布包沉甸甸，塞滿了什麼。

阿松轉身沒命地逃。

返家後莫名發起高燒的阿松，半夢半醒地，從家人的言談獲悉外頭發生的事。

說是，前個傍晚，由村長領頭，一群村民把他們平日鄙視的「米蟲」帶往大穀倉，要他交代穀子失竊的事。

「為什麼誣賴我？」姓梁的一臉驚恐。

「涂仔的後生，阿松講的。」

「他亂說話！我沒有！」

「沒有？那，穀子怎會平白消失？」

「是，是……」

「按怎，沒話可說了吧？」

「是米蟲咬的！」

「米蟲？」

村長先是一愣，繼而笑出聲來。「哇哈哈哈，你們大家聽，他說米蟲吃了我們的穀子，笑死人啦。」村民們個個笑歪了嘴。「好，你說米蟲，那就進去把米蟲抓出來給我們看。」

姓梁的就這麼被推進穀倉裡關起來。也邪門，過不了多久，乾燥的空氣像有電流穿過，天空被閃光照亮恍如白晝，淅瀝嘩啦，突然下起一場傾盆大雨。巨大的雷聲趕跑了眾人，而在他們回頭的那一剎那，每個人都瞧見穀倉被一道刺目的閃電擊中，旋即燃燒起火。

沒人回去救姓梁的年輕人，包括滿倉的稻穀。

收拾殘局的人說，「米蟲」焦黑的殘骸蜷曲在穀倉的灰燼之間，樣子就像一隻大米蟲，果不其然。

「伊係惡有惡報。」阿松的父親用力拍了一下飯桌：「多虧神明讓我後生在夢中揪出賊頭，眞是老天有眼。」

阿松在床榻上聽見了，整個人昏厥過去。

「所以，這是報應。我連講夢話都要害人，老天爺要罰我，罰我老了被兒子罵作米蟲，到死不敢出聲。」

故事的末尾，爺爺以他乾癟的嘴唸了這段話之後，復歸安靜，並且好像永遠不再開口了。

我走出爺爺的房間，走向我的書桌，激動地寫下了這個故事。

一個只能闡述一次的故事。

人妻淚痕研究

「啊，這刺激，更勝滿口的酸醋。」

他當是愛妻子的，但他還是鑽進了她人妻的裙底。觸面有微細搔癢的絲材質包攏成的隱晦筒形空間裡，他翕動鼻竅無暇聞那奇異幽香，他聽到那歡快興奮的笑聲已經開始，於是急急尋著那洞，想讓被緊緊纏夾住的，自己粗碩的頭顱，從那方綴了荷葉邊的領口穿出，然後把眼睛湊在衣櫃的接縫上，窺看那個男人與情婦的曖昧調情。

爲什麼不乾脆把裙子掀掉，或者說，爲什麼一定要躲在裙子裡面？基於安全。他想像那個花心的丈夫爲了任何理由打開衣櫃，將因爲作賊心虛而避免在偷情的當下正視妻子的衣物，那麼躲在寬大裙袍裡的他不被發現的機率便會提高許多。在如此關鍵的時刻，絕不能被那傢伙逮著啊。

否則怎麼對得起她，他想。

成功辨識出領口的位置之後，他努力地、謹慎地把頭往那衣洞挪移。衣櫃的悶熱使他的汗落雨似地潺濕了他的頭臉，領口的狹窄則進一步使栓塞的血管漲紅了它們，窒息，是黏稠的黑瀝青，他覺得整個人沉陷其中，就快窒息了……但就在九死一生間，他突然聽到裂帛的聲音。他的半張臉忽然就露在領口外邊，於是他立刻明白，糟糕他將她的裙子撐破了。不過他沒在這插曲上琢磨太久，外頭正進展著的姦情堪抵得上一千件一萬件裙子的價值，所以他毫不猶豫地把脫困的眼睛往那條透放著光的細縫貼去……。

從自己房間的衣櫃裡出來，他踩在堅硬的磁磚地上，愈發希望方才是作了一場噩夢，他是在夢中窺見那一對男女做的好事，而此刻腳底傳來的冰涼才是不爭的現實，但他回過頭去，那一口黑黝黝深幽幽的壁洞像萬年古蹟倔強地開敞著，就在衣櫃被拆去背板的長方形框架的後面，仔細聽還有微弱風吼的，那祕密通道就在那兒，連結著他的房間與她的房間，如無牙老叟的嘴洞告訴他：你確實由那兒去，又由那兒回，回時心裡多了一個見證，一個不知道該喜該愁的調查結果。

他頓時萎在床上，恰如他第一天拾起湯匙開挖祕密通道的情景。那時候他用一根取自廚房的不鏽鋼匙往衣櫃後的水泥牆壁鑿下第一記，看著撲撲墜落的微量粉屑，他只感到一股難以言說的疲倦襲上心頭，倒不是畏於後續挖鑿工程的艱鉅，而是他在決定動手之前早先經歷了同等艱鉅的躊躇猶豫，是磨人的躊躇猶豫讓他心力交瘁，就是說，到底該不該幹這事，爲了她，他的舊情人，從自己房間鑿一條通道至她的所在，而且不能給人發現，這樣的決策幾乎耗盡他的力氣，所以他只鑿一下就累了，整個人癱平在床上。

然而祕密通道終究給他鑿通了，就像開挖前的自我說服，他還是成功完成了與她的連結。現在，他又完成了另一件困難的工作，他與她的距離又更縮短了些——雖然，他極不願意以這種難堪的形式。

他在床上躺了一會兒，想著該如何將自己目擊到的眞相傳達給她。眼前，金色的陽光在窗櫺上緩慢移動著，而巷子裡闃靜依舊，這眞是個舒愜的週末午後，他的妻子又奔赴某個需要慈善的地方並且顯然還不想歸來，他伸長耳朵仔細聽，聽對面一樓那間有著豬肝紅大門與噴砂氣密窗的宅子的動靜，那一對偷情男女想必已經褪去了身上的衣物兩個人在臥室床上打滾起來，就在那一張夫妻睡在上頭彼此間永遠隔著一堵無形之牆的金屬雙人床上，那個狠心的丈夫，貪婪地摟著別的女人，在妻子外出上烹飪課的時候，恬不知恥地幹著違背婚姻忠誠的齷齪勾當。他僅聽了一會兒便趕緊捂住耳朵，他不想讓那種聲音汙染了自己的耳朵，他從床上爬起，將窗簾唰地一聲拉上，把那隱約的聲音同那美好的日頭一起擋在窗外了。

他走到廚房倒了一杯白開水，只喝了一口便倒掉，復從冰箱抓出那瓶放了一年的薄酒萊。現在的他挺想喝酒，生活嚴謹的妻子滴酒不沾也不讓丈夫沾，衝著辦公室人際經營的理由他央求妻子應允他參加同事發起的團購才買下這一瓶法國葡萄釀成的玩意兒，仍遲遲沒有機會品嚐，現在總算能開了它，趁著身為慈善團體一員的妻子不在家。他把那暗紅色的液體像玩魔術那樣用一種熟練的技巧傾倒在高腳杯裡。忘了說他是一位深諳流體力學的工程師，對液態物質的把握一向有過人天賦，小從樹葉上的一顆露珠，大至整片太平洋的海水，他是如此熟悉其氫氧元素的奧祕組合，所以他很容易地將酒水倒進杯裡而不濺漏出一滴。然後他淺嚐了一下。強烈的酸楚讓他的舌頭發硬牙齒發軟，這根本是醋啊他扭曲著臉說，但他還是把酸液嚥進了喉嚨，不為別的什麼只因他現在真的很想依賴酒精幫助思考，他覺得過去幾個月來的際遇有些不可思議，那個她，消失那麼多年以後，竟就選在他婚姻陷入低潮的時候，又忽然冒了出來凌擾了他封裝既久彷彿一潭死水的往日情愫，啊，這刺激，更勝滿口的酸醋，他一邊忍著胃囊裡的燒灼，一邊搖著頭喃喃：難道是天意？

那一天傍晚，他不過是走出家門倒垃圾，赫然便遇見了她。

其實她長得與十年前不大一樣了，那圓潤的臉，成熟嫵媚有著真女人味兒的身形，完全不像當年那個青澀女學生。所以他拎著一袋臭烘烘的垃圾往垃圾車擠時，並沒有在第一時間認出她來，那時他的整副心思只集中在垃圾車後方的碾壓裝置上，轟隆隆那張來者不拒的大嘴發出驚人咀嚼聲吞噬著鄰居們餵入的一袋袋垃圾，他將手中的垃圾高高舉起，看準方位就要扔過去，突然，一個梳著包頭的女人從旁邊插進來擋住他，他有點驚訝地收手，放下來的垃圾於是剛好砸在後面一位老先生伸長的手臂上，你幹什麼哩那老頭咕嚕咒罵著，並且用一雙可怕的看不見黑瞳仁的白眼瞪視過來，他心底害怕連忙賠不是，並且立刻讓出位子讓老頭先，就在那幾秒鐘的空檔，他看見包頭女人站在一旁微笑著看他，顯然她已扔完垃圾但未離開，而卻莫名其妙朝他這邊笑了笑，他轉頭看了一下，背後沒人，他再把頭轉回去，那女人已經走回她的家，消失在那一扇豬肝紅的鐵門後。

所以，那傍晚他還不知道自己已遇上舊情人。他終於確定她是她，是在三天後的傍晚，資源回收車晚來十分鐘，那時候的事。

當時他的妻子正在廚房準備晚餐，他的女兒正在給同學打電話，所以只好由他把後陽台積了一個月的廢紙堆扛出去。這對一個三十六歲的男人來說算輕鬆的工作，他不費勁地把綑紮好的廢紙一包包運出門，在門口巷邊暫時堆起一座紙山，落日餘暉把這紙山染成漂亮的金黃色，他瞇著眼睛凝望金色紙山把它想成一座燃燒著的金礦山，晚風徐徐吹揚紙角有如火焰之晃擺使這幻想更形逼眞，他看著看著不禁看出了一點感動，把幻想繼續下去，那金礦肯定要熔成一灘金湯了，這麼一來他又催動專長開始模擬起金湯的流動：設若密度每立方釐米十九・三克的Au元素，隨著均勻受熱時間的加長，則液態金的熱傳導係數是……

那一次他沒有完成腦子裡的演算，當對面那一扇豬肝紅鐵門發著咿喔聲被打開，他抬頭看見一個身穿白汗衫藍短褲的女人捧著一大疊書本類的東西朝他走來。夕照下，那雙細長的手爬著青筋，估量那疊書的沉重他趕緊走過去幫她，「啊眞的沒關係我自己來」「不必客氣不必客氣」，他從她手中接過那一大疊原來是八卦雜誌，將它們壓在自家的紙山頂上。

「謝謝你啊。」

「這沒什麼。」

除去餘物的女人帶著善意的笑完整地進入他的眼簾，他即刻認出她便是三天前那個梳包頭莫名微笑的，心頭兀地起了一絲幽微騷動。資源回收車還沒來。周遭鄰居尚無動靜。他與她，鑲嵌在這樣漫著金光、如琥珀凝結的時空裡，像兩隻不幸栽入其中成為標本的生物那樣，僵立著，隔著一座金色紙山，尷尬著。

幾分鐘過去。

「奇怪回收車怎麼還不來？」他終於挨不住尷尬的靜默。

「你們這邊的回收車都這麼晚來嗎？」女人獲救似地開口問他。

於是他有理由正眼瞧她了。他直視著她，發現她不像昨天把頭髮盤成一個包，今晚她讓那一頭蓬鬆的長髮隨性地披垂在肩頸上，有點慵懶的模樣使他稍稍鬆懈了心情，因而他能跳過對方的問題反問對方：「妳剛搬來這邊？」

「嗯，前天搬來的。」女人點點頭。

「原來如此。」他笑著說。這麼一來兩人可有許多話題聊了，他想。

然後他們才聊幾句話，他就覺得兩人已經認識很久。這位新鄰居給他一種特別的感覺，好像，好像她是某個因故離開的老朋友，此刻又回來了，久別重逢難免生疏，但沒花多少力氣便又拾回往昔的熟稔一般。

「好像在什麼地方見過你。」女人忽然就這麼問他。

「是嗎？」他有點訝異：「我也這麼覺得。」

「你是不是上過什麼電視節目？」

「我？沒有啊。」

看見對方咧嘴而笑，他更認眞地說：「我不是什麼名人，哪可能上電視。」

「呵呵。」女人豪氣地張大嘴巴笑著，說：「越看越像。你很像我以前認識的一個人，他總是很正經地聆聽別人的玩笑話，然後很正經地回答。」

「喔，妳是在開玩笑。」他困窘地說。但這句話更顯露自己的愚蠢，他慌忙把臉別開。

「啊。」女人突然大叫一聲。

他把臉車轉回來，看見那根修長的食指，幾乎要戳他胸膛地直指過來：「你們倆的反應都一樣。」

女人直率的互動方式教他吃驚。多少年沒遇過這麼豪爽率眞的女人，就是在這樣的驚詫中，一個模糊的影像掠過他的腦海——他想起來了。

他不動聲色走到紙山前。她湊了過來。他對著印刷精美的廢紙們說眞不環保好浪費這些紙墨。她緊接著說如果沒有這些廢紙那麼許多工人要餓肚子了。他說妳這是婦人之仁。她回說婦人之仁總好過自命清高。

印證結束。

他睜大眼睛看著她的一雙大眼睛。如他預期的，那兒有晶瑩無色的液體迅速積累，最後突破表面張力，無聲地溢出。

原來，她也想起來了。

資源回收車的音樂在這時候悠揚地響起。鄰居們四面八方蜂擁過來，衝散了他們倆。

「你一切都好嗎？」她隔著人龍大聲地問他。

「啊？什麼？」他把手圈在耳殼旁邊，大聲說著。

「我說，你過得好嗎？」那手指，擦著夕陽下閃閃發亮的一顆淚珠。

「我很好。」他在心底說：「妳還是跟以前一樣愛哭。」

「你結婚了吧。」她直搗黃龍。

有些意外，他輕輕點個頭。

「幸福嗎？」

他更輕地點頭，好像根本沒動似的。

「妳呢？」

「你說什麼？」她濕潤的眼睛瞇笑著。

「妳……結婚了嗎？」

她舉起左手，給他看無名指上的金戒。

「妳先生呢？」

她卻搖搖頭。

什麼意思？他張大嘴表示自己不懂。但她彎下腰去，從紙山頂挖起她的八卦雜誌，往資源回收車走去。「再不快點車子要走囉。」

於是他也彎著腰，開始搬他的廢紙。

那一個重逢的黃昏，就這樣匆匆地結束掉。

他把大門關上，兩下脫掉鞋子，踏過玄關走進客廳，他的妻子與女兒已坐在餐桌旁安靜地吃著晚飯，沒人等他也沒人察覺他的異樣。

而後日落日昇。而後斗大的酒紅色太陽又照例往西天緩緩沉落，晚秋的雲靄被濃重的霞光暈染得一片紫，像敷蓋在女人細緻肌膚上的一疋珍稀布料。他仰望天邊溫柔的盛景，等待垃圾車的到來。

等那日復一日的音樂響起，等她從那一扇豬肝紅的鐵門後邊出來。

她出來了。今晚是一件粉色上衣加墨綠短褲，依然是露出那一雙勻稱白皙的腿，偏紅的髮色，薄荷的馨香。

「嗨。」她朝他揮揮空閒的左手，指節間那枚金戒在空中畫出一道燦亮的弧。

以後他們都是這樣起頭，除了那枚金戒，她全身上下變換著不同顏色，包括她的每一吋肌膚（奇怪他總是把注意力放在她的身體上，從大學時代兩人同居的那一刻開始，他只戀著可觸摸到的她，如今兩個人保持一段距離站著，他還是忍不住用眼睛去感受她實體的存在），他日日期待著這樣光影幻變的倒垃圾時光，瞞著他的妻女，與前女友會面。

但他不是有什麼非分之想。他仍然記得自己是一個丈夫是一個父親，他記得自己在所有親友的面前許諾婚姻忠誠，他記得，他曾經爲了一個自私的理由，把交往五年的她拋棄。現在他只想透過每天數分鐘的簡短交談，側邊了解，她在他離開之後也找到了屬於自己的幸福，那麼他的罪惡感會減輕許多。

而她一貫善良。善良得有點迷糊，甚至有點傻了，他從她的臉上找不到受傷的表情，都說歲月會抹去傷痕可他不信，所以他相信眼前的大女人依然是過去的那個她，那個他難以掌握，感情極豐富，目眶的開關壞了似的眼淚一不小心就氾濫成災，但流過淚再大的傷口也就霍然痊癒的傻女孩。

水樣女孩。他偶爾凝視那一雙始終潮濕的眼睛，懷疑她根本就是水做的，水國來的。他動用每一毫米的腦細胞，流體力學專門耶，竟然還屢屢猜不準那眼淚的意涵。僅僅因爲如此，當年他以她過於情緒化以及懶散的藉口，在畢業典禮結束後的咖啡館晚餐約會裡，很正經地對她說，我們分了吧。

「十年，時間過得眞快。」她淡淡地說。「沒想到，十年之後，我們還能站在一起等垃圾車。」

他惻然不安地苦笑。

十年前那一個分手的夜，她知道他不說玩笑話，眼眶立刻紅了。接著，止不住的淚水嘩嘩有聲地從那雙紅眼睛奔流、飛濺開來，她打了薄粉的臉蛋頓時汪洋一片，如洪患肆虐的悽慘。這還沒結束。教他畢生難忘的是，無比豐沛的眼淚沿著她臉的輪廓繼續流淌，脫離下巴，滴落在咖啡館的桌面上，不停滴落，滴落，直至整張餐巾紙浸濕，糜爛，溶解，消失……。

「妳還恨著我嗎？」他鼓起勇氣，問。

「垃圾車來了。」她說。

那是他們重逢後的第三十個黃昏。在那之後，他爲著目的的遲遲無法達成漸漸感到不耐。他知道她結了婚，丈夫在銀行上班，沒了，情報僅止於此，當他探問她的婚後生活究竟過得如何，她一概答「還好」。然後她會反過來關心他的家庭生活，問他許多他須以謊言搪塞的問題，把短暫的美好時光消磨掉，道別，最後又躲回那一扇神祕的門後。

「不請我進妳家坐坐？」他甚至大膽地這麼提議，聽起來像曖昧的勾引但他心裡清楚它不是，然而——

「我先生不在家，不方便。」

「你太太在家裡等你。」

「改天你們夫妻倆一塊兒來吧。」

她一概拒絕了。

他不免心中起疑，「她不想讓我知道什麼」，伸長脖子企圖眺望那被噴砂玻璃遮掩著的屋內，當然沒法看見什麼。

然後有一天，好像世界突然劇烈地搖晃了幾下，他突然化成一個小小的人兒，攀山似地伏在那一張無限放大的臉丘上。他扭動僵硬的脖子，左扭右扭，上扭下扭，無論怎麼扭他的視線總是保持往前，他像趴在自己凹陷的眼窩裡看出去，黑幕裡兩口光洞，他無法將目光從那片皎白、略有痘疤的面部皮膚上挪開。瞬間，他明瞭上天有東西要給自己瞧。也就在他的眼睛眨第一下的時候，前方的柔軟的臉皮開始震動起來，轟隆隆，他感受一股強大的力量由遠而近正往他所在的位置襲來——那是什麼？他瞠瞪著眼珠子慌慌地等著，忽然間，他看到遠處兩座深黑色巨潭翻擾起駭人的漩渦，霎時銀白色的水花如火山爆發的飛灰噴上了天又墜下了地，最後與決堤的潭水合流成滾滾的浪潮，向他撲來。他驚恐地往後退——這一退，他卻發現自己是站在高處俯瞰著這一切，那滔滔的江流發出怒吼從他腳邊馳過但沾不上他，他是安全的，這個發現使他改換心情從一名將溺者轉變成一名觀潮客，不，一名流體力學專家，制高而多層次量測那鹹苦的河水：流量、流速、流向，歸納出那源頭發水的諸般特質，譬如看了感人連續劇時的流法是斷斷續續；被菜刀切了手時的流法是猛然一注；打呵欠時的流法是一圈圈漣漪盪開；被捷運癡漢從背後偷摸一把時的流法是暗洄繼而悲壯排空……那麼——他抓搔亂髮竭腦枯腸地思索著——那麼假如是淨拍著潭畔把岸邊草木拍得莖倒根浮卻還是粼閃閃不肯泛過那濕透的界線，又是什麼的流法呢？

「妳在哭。」不知是第幾個黃昏，從極端的專注中回神過來的工程師，篤定地說：「我看見妳的眼淚了。」

她把臉隱在垃圾車偉岸的影子裡：「誰說我在哭，我沒有。」

「有什麼心事我願意傾聽。」脫下工程師的衣袍，他誠懇地說。

「我很好，謝謝你的關心。」

他看見她心虛地加快腳步逃回家，當下作了一個決定：挖地道。

哈哈哈挖地道這簡直是天方夜譚在說笑話嗎？不，他眞的從廚房偷出一根湯匙，拆掉房間衣櫃的背板，就著水泥壁，瞞著天下人，獨自挖起地道。

你也許不相信，最後他眞的挖成了耶。

挖成之後，只要他的妻子與女兒不在家，他下了班（甚至請假或乾脆曠職），便循著祕密通道，神不知鬼不覺地潛入對面宅子，進到舊情人與丈夫同床共枕的居室，那一個衣櫃的裡面，然後，小心不發出任何聲音地，從衣櫃的縫，偷看。

「晚餐我到外面吃去。」

「我已經盡力在煮了。」

「盡力？作菜不是盡力就行，妳當是刷廁所嗎？」

「你沒必要這麼挖苦我。」

「累了一天，我回來還得忍受那麼鹹的湯那麼硬的飯，妳知道我忍了多久。」

「……」

「男人的胃與他的心連在一起，這句話妳沒聽過嗎？」

寂靜。

他看見那個國字臉男人走出房間。

他看見她，背對著這邊坐在床緣。

他看見，那副柔弱的肩膀，不住地抖起來。

傍晚，等垃圾車的時候，他從懷裡拿出幾本食譜遞給她：

「有點舊了，想扔又覺得可惜，不如送給妳。」

她像是收受了一份大禮的小女孩，對他露出無限感激的笑靨。

過兩個禮拜，他再度造訪衣櫃裡的黑暗，再度窺視那擠成長窄條的光景：

「晚餐我到外面吃去。」

「我已經盡力了，盡力了啊。」

「妳以爲看幾本食譜就能變成大廚師？別天眞了。」

「你到底覺得我作的菜怎麼難吃，你說呀。」

「反正不合我的胃口啦。」

又是一陣寂靜。又是一陣肩膀聳動的啜泣。

他氣憤地在陰冷的隧道裡爬行著回到自己的衣櫃，抓了車鑰匙奔出家門，開著車，跟上那個甫出豬肝紅大門的國字臉男人。

隔天她問他：「昨天沒看見你倒垃圾。」

他把對妻子的說辭重新說了一遍。

「上圖書館？呵，你眞是挺愛唸書的呢。」

看著那一張如昔的傻呼呼的笑臉，他的心隱隱抽搐著。

〈啊，如何才能讓她知道，她丈夫的晚餐，竟然是跟另一個女人吃的呢。〉

夜深了，他貼在衣櫃的細縫上，看著小夜燈鵝黃色光流裡背對背躺臥床上的夫妻，這回他終能看見她的臉，他看見她雙眼睁開，一夜無眠。

現在，該是告訴她眞相的時候了。

他把最後一口變成酸醋的薄酒萊喝掉，望向窗外，發現黃昏已悄悄降臨。把家裡所有的垃圾塞進一只黑色大塑膠袋，提著它走出家門。

她卻已經在那兒站著了，於是他板著臉，慢慢走向黃襯衫黑短褲的她。

「你好像不太高興？」她問。

「我，我想告訴妳一件事，等垃圾車走我們進妳家說行嗎？」

「這……恐怕不行。」

「是很重要的事！」他提高聲量：「關於妳丈夫的事！」

「我丈夫？我丈夫怎麼了？」她一臉驚慌地說：「你知道他？」

「我當然知道他。我知道他，知道得進骨子裡去了。」

「我不懂你的意思。」她把地上的垃圾提起來：「對不起我先回去了。」

竟然，她竟然怕得連垃圾都不丟了。他焦急地抓住她的手，說：「妳聽我解釋。」

她掙脫他的手，又跑進那一扇該死的豬肝紅鐵門的裡面，碰的一聲關上門。

他把垃圾袋就扔在地上，轉身跑回家，跑進房間，打開衣櫃，跳，跳進無牙老叟的嘴裡。

當她看見他出現在背後，瘋狂地尖叫，他把她按倒在床上，用手捂住她的嘴，哀求她別叫。

「不要怕，妳不要怕，是我啊，十年前就已經認識的我啊，妳忘了嗎？」

嗚嗚她搖著頭，恐懼像漩渦自她眼底升起，很快地，那恐懼化成液態的實體溢滿了那兩隻目眶，她又流下眼淚了，他愧疚地把她嘴上的手拿開，但她又叫了。

「別叫啊妳！」他再度把手蓋上那枚歪扭的唇，「妳丈夫背著妳在外面偷吃妳知道嗎！」

她咬了他。那潔白如小貝排列的牙齒咬進肉裡竟是這樣痛，他慘叫一聲，用雙手扼住她的喉嚨。「笨女人！妳這笨女人！」

「啊……啊……」

那淚水不停地流下來，像要把他堅硬如石的手溶蝕掉，但是——

但是他發現她已經不在呼吸了，那雙眼睛直楞楞盯著天花板，眼淚卻還是不停。

他也哭了。地板上開始積起淚水，很快地，那淚水升高淹沒了她漸漸冰冷的身體，漫上他的腳踝，他害怕地跳上衣櫃，想從祕密通道逃走，然而他把手摸向那堵牆，那堵牆，牆……牆！只有牆！他萬分驚恐地用手摸索，哪來的祕密通道，洞呢，他絕望地叫喊著，洞怎麼不見了!?

他臉上掛著兩行清淚從裙子裡出來。他聽到外頭響起銀鈴般的笑聲，她與他，開心地走進房裡。

「咦這不是那個水電工的拖鞋嗎？怎麼在這兒？」

「該不會忘了穿走吧？」

「我想也是。討厭，你就不早點下班，害我一個人在家裡面對這個奇怪的人，你不怕你太太被……」

「被怎樣？被這樣嗎？」

「哎呀，不要，呵呵呵，好癢啊，人家不要，啊，喔……」

他蹲在衣櫃的黑暗裡，無聲哭泣著，蒙上了耳朵。

輕食男女

「我怎麼把自己搞成這樣？」

是誰老早開示，諸事發達的年代，清心寡慾是個問題。「更別否認，清心寡慾也是慾，因爲渴想恆久滿足，裝清高」，姊妹淘寶慧如此半勸半諷，宜凡執迷不悟，終落得今日狼狽田地，自囚。

宜凡選擇囚禁自己，看似爲了贖罪，其實更像躲藏。她在蝸居多年的小套房裡躲藏起來，翹班五日也渾噩五日，藉此逃避那個男人（屢於床榻間醒轉，額頭沁汗微涼，又感受那罪惡的一啄彷彿未化去），同時逃避一直來一直來的俗世生活（天眞的想法，當她抬起潤濕雙目往小廚室望去，飢餓感又如十噸大卡車迎面撞來），好讓自己有餘地整理思緒，找問題。

「這一回，我又錯了？」

宜凡不是聰明女子，她自承。或者換另一種說法，蒐集資訊的能力太低，否則不會誤闖一家二流企業蹲六年還捨不得走人，下班後私用的電腦也是死拖活拉寶慧硬要陪逛光華商場，店家術語迷宮裡走失幾次，最後才勉強購入，駐留香閨案頭，供上網。上網是爲了蒐集資訊，她又承認，爲了彌補先天缺陷，網路瀏覽器首頁永遠設定搜尋引擎，假如想查找什麼，很方便的。方便也就可以了。知足的宜凡從不想利用電腦多做什麼，她只搜尋，只搜尋想知道的東西（廢話！），這年頭諸事太發達，包括尖端搜尋技術，讓白癡摸久了也像天才，就怕不懂節制，讓資訊反過來支配你。寡慾，所以清心。自詡輕食專家的宜凡最諳垃圾食物戕害人體健康的可怖，一貫服膺輕食主義三原則「均衡、自然、清淡」，也沒多難就養成不掛網的好習慣。怕虛胖，營養價值過低的垃圾資訊她當也敬謝不敏，能方便搜尋，夠了。

「這一回，我又錯在哪裡？」

然而自囚之後，宜凡漸感一個輕食者的極限。年屆四十的她，好久沒有的沮喪，忽像眼前色彩黯淡的簾幔掩住落地窗。足不出戶，亦不讓陽光進來刺痛失調神經，肩披薄被與房間一起悶在無聲陰暗裡，小家電冷光燈角落飄散畢竟不是飛螢，無心浪漫的受害者，此際被逼著凝望秋月般皎亮的電腦液晶螢幕，神情有如服藥前的嫦娥：能不能直接揭曉答案？

但聞者嘿然。博學的方盒子沉默著，頑固著，正如發明人的宣告，搜尋引擎不是萬靈丹，要上天下地？成，除非餵以正確關鍵字，否則沒有問題，沒有答案。所以問題依舊打回自己身上？宜凡感到羞恥。不爭氣，心慌意亂亂了套，居然妄想得到某個方便解釋（偷瞄螢幕，上頭鐵證如山顯影關鍵三字：婚外情），她慚愧自己與那些貪速效而胡吞保健膠囊的人一個樣，無知，而且懶。

可也不能怪她。整整五天，靈魂維持著不可能的艱難姿勢，讓平日勤練瑜伽的宜凡也要疲憊不堪。她已經努力透過一條狹長幽深的祕徑——自己的食道——把據信能夠活化細胞提煉元氣排毒滋陰的諸食材，以高明無油烹飪法轉化為低卡路里抗氧化輕食菜色，佐虔敬細細咀嚼，輕嚥下肚，練到登峰造極境界是胃囊也長腦子生出心，能思考，具涵養，可以判斷養分與人體不足處的鏈結，自然也兼顧靈魂情緒。可惜，革命尚未成功，嘴腔先繳了械。當她這樣努力這樣著急通過食道擴張一個輕食者的極限，發瘀咬嚙番茄沙拉的頷關節率先發難，隱隱傳來一絲怨怒，質問她：怎麼妳與男人的糾葛，卻要我們來承擔？可憐的嘴裡塞滿東西的宜凡無法回答。從那刻開始，她欲振乏力，以嘴回嘴的弔詭輕易摧毀了一個輕食專家的信心，也把宜凡瞞騙自己多年的假象拆穿了。

她不能把答案，像塞食物那樣塞進嘴巴裡。搜尋引擎亦無用武之地，不過是一個已婚男人趁她蹲身挑揀一籃新鮮黃番茄的時候，輕輕吻了她的額頭一下，她整個人獃住，直至五日後還走不出去，只是這樣簡單的狀況，她與她的嘴巴與她的電腦皆當機，噢，這算什麼？

簡單不簡單。剛剛寶慧還來電，因為重複好幾遍所以語氣平淡：「到底什麼時候回公司？到底什麼時候才學會饒過自己，饒過別人？」

困獸宜凡猶不肯認輸，繼續鬥。

「都怪妳，周寶慧。要不是妳硬拉人家去吃什麼賓士火鍋，今天我不必這樣。」

「講屁話。吃火鍋一回事，搞曖昧又另一回事，我喜歡美食，他喜歡美女，井水不犯河水，怪誰？」

「那要怪我囉？」

「對，妳錯，錯在太正經，太大驚小怪。」

「周寶慧！」

「告他性騷擾吧。」

宜凡了解自己，明白寶慧是在開玩笑。六年前第一次見面，公司午休時間，海派性格又中廣身材的女同事好熱情與新人的她手拉手，帶上附近美食街，一一介紹多花樣油膩外燴。都六年了，宜凡對美食街依然興趣缺缺，卻牢記住寶慧當著自己面前毫不修飾不怕醜大口吞食一碗刀削牛肉麵的模樣，且由衷感激，幸好這位業餘美食家不計較別人的相反觀點，也容得她佯裝趣味，像聆聽說書人講古或有線電視獵奇節目那般，週一上班混在一票員工裡面，充當周氏特色餐廳試吃報告的聽眾。佯裝趣味，因爲寶慧從不正面揭破，她孫宜凡其實不怎麼懂得享受人生，經常請客遭拒的寶慧還反過來安慰她，沒關係沒關係，姑娘哪天想通了再來找我。

這樣好的姊妹，宜凡認爲，偶爾不要太堅持己見，就順應對方善意去陪吃館子，似乎也不爲過。上週末寶慧與一夥老饕同事鼓譟著要吃火鍋（大熱天的！），暗示的眼神還沒飄過來，她自己先投降。

「這麼爽快？該不是衝著有帥哥作陪吧？」寶慧促狹地說。

彼時，宜凡尚不知災難將臨。只單純意會到業務課的小夏也在場，當她半自願地報名，小夏立刻振臂歡呼，不知興奮什麼的，「有好康的通報給業務戰士們啦。」即便如此，宜凡仍未抓住事件徵兆，因爲她滿腦子都是統計數字，關於一大鍋人工醬料長時熬煮的高膽固醇動物性蛋白質，「心血管堵塞專門」，該耗掉多少單位的解油膩去脂纖維質才得以制衡，謹慎的輕食主義者忙著盤算，於是就鬆懈了心防。

那個高溫潮濕的週末夜，眞是廿七歲後的孫宜凡，最痛苦的一晚。首先她必須與不算相熟的一干業務課男同事擠同桌用餐，桌上擺的還盡是深畏的重食，平常也許會稱作有害食物的火鍋料，有人點啤酒那一刻，唉，她幾乎想奪門而逃。席間，寶慧故意不理她，逕自與眾饕客分享飲宴經。甚至視她爲美麗伴手禮，炫耀給男賓們看的秀色點心，宜凡暗惱，低下頭啃食無味生菜，不說話。

不說話，偷練瑜伽。練祈禱式改良型，兩手肘交叉互抱，腹式呼吸，吐氣時頭手反向拉，左邊三次換右邊三次，坐著也可行。書上說，此式功效在刺激胃部蠕動，使胃壁保護膜分泌正常，兼調整脊椎，放鬆肩頸肌肉，清新頭腦——宜凡處在煙霧瀰漫的火鍋店裡突然覺得好需要，暗中操練著，並期待受冷落，盼望沒人勸多下點肉片在她的小缽子……。

「妳好像，不大喜歡？」

該死的，宜凡還是被發現。說話的是業務課長梁先生，長相討喜的一個初老男人，他觀察隔壁部門的女同事（也不知觀察多久了？），然後就斗膽做出結論。宜凡頓時呼吸大亂，差點岔了氣，臉紅。

「哈，她在練功啦。」沒想到寶慧一下子給她洩底。她寒著目光，深深懊悔對修行生活的背叛，但一點不責怪好姊妹，畢竟，前者鼓舞儒弱的自己攤牌。

「看各位的面子才來唷。」

「別胡說——」

從寶慧嘴裡搶回發言權，很快地，在座同事都認識並且稱奇，公司裡低調潛伏多年的資深美女孫宜凡，不僅可以邊吃飯邊做瑜伽，還是個標準素食狂。

不。宜凡強調，更爲全球同好辯護，是輕食非素食，爲了均衡營養，也會以葷入菜，但能免則免。

「是宗教信仰的關係？」

「爲了減肥瘦身？」

「妳想活到一百歲？」

儘管同事們你一言我一語關切或調侃，宜凡終究擺脫成爲話題的窘境，然後，然後那個已婚男人就登場了。

「梁課多大年紀？憑什麼他想招惹妳，小姐？」

「妳眞是在開玩笑。」宜凡把話筒換隻耳朵聽，「嗯，我知道自己年紀不小。」

「妳還年輕，是辣妹。」寶慧說：「我開什麼玩笑？」

「要我告他性騷擾啊。」

「如果妳想，我會支持妳，眞的。」

「算了，讓我靜一靜吧。」

每次掛電話前，宜凡嘗試用各類口吻搬演那句，委屈的，厭倦的，嚴肅的，無所謂的，「讓我靜一靜」，希望寶慧別再打來。因爲她的確渴望安靜。特別是遭遇飢餓感逆襲的這種時候。

連五日的自囚，宜凡快把廚房的庫存掃光了。作爲一名輕食者最不堪，莫過於避免餓死而吃，今早打開冰箱，赫然發現，裡頭剩餘的零星食材再不能供人實踐理想，忍不住渾身發抖。是餓或恐慌，分不清。伸手往保鮮盒裡急摸索，摸出一袋苜蓿芽約兩百克，腦袋裡竟還在算，蛋白質含量兩克，含醣十克，折合熱量五十大卡……宜凡冷不防跌坐磨石地，長久鍛鍊的緊實臀部漫起一陣蕪涼。

好想哭。卻不讓鼻頭酸楚凝著嗅覺，暫時與負面情緒休兵，下廚。振作起來的宜凡決定素炒苜蓿：先將芽莖洗淨，不沾鍋內放油燒熱，翻炒，加黃酒與糖一定不加味精，再勻炒三十秒即成。搜尋引擎說，苜蓿又名草頭、金花菜、光風草，有植物牛肉美譽，是出西域的張騫從大宛國攜回，嫩作蔬菜，老作肥料，維他命C含量猶勝柑橘。「苜蓿堆盤莫笑貧，不著鹽醯也自珍」，又是網路撿來的陸游詩，宜凡取頭尾吟之勉勵飢腸轆轆的自己，才舉箸挾食乾淨。

「現在什麼時候？」宜凡從床上起來，裸足行到壁鐘前，扳手指算。離苜蓿早餐又過了數鐘頭，午後四點半，居然漏掉中餐，眞慘。但她懷疑自己還有胃口。雖然肚子猛擂鼓，味蕾早罷工，她在嚼苜蓿芽的時候已然覺悟，心裡亂糟糟，食之亦無味也。頗懷念可以自由決定菜單的日子，才幾天哪，世界就好像變了樣，宜凡難過地想，假如那晚忘記隔天要做香草油漬雙茄就好了，這樣就不急著買黃番茄，姓梁的不會說「嘿我正好知道最近的生機飲食店在哪」，她就不會乖乖上他的車，事情也就不會發生。

後來莫名其妙的男人給了這樣莫名其妙的解釋：「我是情不自禁。」

在等待最後一把燕麥粥滾煮的空檔，宜凡非常用力地回想，自己是否犯了什麼錯誤，有無先做出何種不當肢體暗示，男人才會情不自禁，一時衝動俯身親吻她。一時衝動，是酒精作祟？眞是一時衝動，明明生機飲食店在很遠的街巷，已婚男人何必說謊，莫非早有意圖，他確實，如寶慧所言，覬覦美女……。

好危險的念頭。宜凡驀然回神，鼻腔裡竟窒滿焦味，她大叫一聲，奔向瓦斯爐。果然燕麥粥煮焦了。炭一樣的燕麥糊貼著被火烤紅的小鋼盆，怵目驚心，忙亂中居然伸手去拿，當然被燙，哎哎整口小鋼盆連焦燕麥扣在洗碗槽底，扭水龍頭猛沖，宜凡睜大眼睛瞪著一團烏爛泥打著旋兒沉入排水孔，小鋼盆怒咻咻噴了她一臉氣，再看清楚時，晚餐已付諸流水，徹底消失了。

不對，可沒這麼容易。

以爲消失的，不想又復返。

天意或巧合，將來孫宜凡很可能憶起這段插曲，她再不願意把汩汩逆湧出洞如沼泡如鬼頭的髒汙黑泉（攪混泥屎般的焦爛燕麥），與她昔日人生聯想在一塊。

竟然水管又堵塞了。

注定屋漏偏逢連夜雨，常來修水電的老先生曾經善意指點，不是故意修不好，小套房偷工減料埋設水管口徑過細，又是最倒楣的二樓（最倒楣是什麼意思？），很容易就塞塞塞，莫怪我們三不五時要見面，害妳破費不好意思——女主人怨：可偏要選這時候！

數米量柴，宜凡說什麼也得留住青山。彈盡援絕了，空腹的輕食大師仍一意堅守王國城池，因爲這是她的世界，她的。老天爺想索討前債？抱歉，請換個形式，他日再來。（寶慧說：宜凡妳太大驚小怪！）

電話撥了，修水電老先生卻還沒來。估計有十分鐘的前置時間，宜凡打開衣櫃，脫掉絲質睡衣，換上高領長衫牛仔長褲，密不透風的包實。獨居女子只怕萬一，老先生鶴髮童顏個頭矮四肢短，但不保證絕對安全，宜凡每回水管不通便要歷經一場冒險，改不掉全副武裝。

可這一個懸疑的下午，情況有些變化。宜凡悄悄注視穿衣鏡，比往常認眞打量對面熟女……「這就是我啊，」鏡中人露出困惑表情，「我怎麼把自己搞成這樣？」又喃喃自語：「他說情不自禁，難道不是耍賴？否則他又看上我哪一點呢？」

眞氣人，她心裡嘀咕。

是呵，寶慧果眞猜對一部分，清心寡慾也是慾。並非裝清高，也非奢望恆久滿足，誰又知道，竟是因爲怕死，才淪爲今日這副德性。

說穿了就沒價値，她孫宜凡本是食慾頗大的餓女，母獸一匹。

按高中歷史老師的說法，人類文明發展階段，由打獵到畜牧，採集而農耕，茹毛飲血的野蠻人終於學會複雜烹飪術，期間歷經數萬年，她只不過換用時間尺度，套入自己一生。童年的宜凡滿可哀，家境不好，兄弟又多，坐上飯桌就是打仗，搶食。殊不知，父親許給么女的名字就是魔咒，宜凡宜凡，只宜平凡，她從小學會提醒自己，要平凡休想超越男人，國中開始發育並且發掘母親遺傳的美麗，索性就當男人寵物吧，女兒回報父親的方式，男朋友一個換過一個，她這樣餵飽自己：由他們帶著上餐館，然後上床。

（老水電工依舊沒來）

直到那一年。輕食風大流行的那年，她廿七歲，年裡發生了兩件事，其實是兩個最在乎的男人離開，一是認眞交往的男友，一是父親。父親腦溢血死了。母親匆匆趕赴台北找她，進得女生宿舍，半天找不到女兒，那時候她剛失戀，自棄，學人家 couch potato 狂吃療情傷，兩個月爆肥十公斤，連親生母親都認不出那張豬臉。後來母親告訴她，家族有遺傳性高血壓病史，當下母女倆含淚相擁，泣不成聲，她也就從此轉性，躲進輕食主義，副作用，恐男。

（門外似乎有腳步聲）

往事不堪回首，心死比身死可怕，老處女的報應？更甭說自己早非處女。可這也沒什麼，諸事發達的年代，有十幾歲的女孩玩網路援交，宜凡眞想說，儘管暴飲暴食吧，爆肝敗腎是你們，都別來勾引我破戒，別來。

「但，姓梁的，有妻有子，你又何苦呢。」

終於，輕輕的，有人敲門。宜凡甘心應付，迎進來一副白皙面孔。

「水管不通？」很嫩的男孩，年紀比她小得多，瞇縫眼睛，異常慵懶的口氣：「我老爸要我來，他太忙。」

她還沒說話。男孩不讓她說，貓眼睛又霍地大亮，宛如發現金礦。接著她看見年輕人盯著她保持開機狀態的電腦，嘴裡咕噥什麼，宅女？

「妳上網嗎？玩 online game 嗎？」

起初宜凡不理，她還陷在煩惱裡，難以承受陌生人的陌生熱情。顯然老先生的兒子是網癡，當然，她不是同類，自然也無法欣賞對方錯認一名自囚者為同類的荒誕情誼。（據說，閉關自守的他們只吃泡麵？）

可是接下來的轉變，就連局內人都不明所以。

開始時，宜凡只是不發一語監看修水管進度，整晚泡網咖打電動的蒼白男孩滿頭大汗拿著各式工具對付她的水管，萬籟俱寂，獨有金石碰撞聲一下一下迴盪小室，史前洪荒，穴居人刻鑿遠古壁畫。

沒多久，宜凡的臉頰有如燒炙的鋼盆，紅得發燙。是這樣的，男孩費力從洗碗槽底部挖出一堆又一堆的歷史穢物，多是果皮菜渣雜碎廚餘亂七八糟，女主人目擊，巨大的恥辱感自心底燃起。

均衡、自然、清淡。宜凡的額頭滾落一滴汗。

「穿那樣多，不熱嗎?」

男孩突然抬起下巴沾染汙垢的臉，問。

「妳讓我想起初代依雷娜。」

「對不起，你說什麼?」

然後男孩就滔滔訴起電玩角色依雷娜公主的故事。光之國度，貪婪國王派遣女兒心上人屠龍勇士遠征異邦，心上人不幸戰死，悲憤的公主聽信魔法師弄臣讒言，奪王權，並封印國寶光明之石，於焉黑暗降臨。

「大家都說初代依雷娜的造型很假。」男孩抱怨：「哪有人永遠盛裝打扮，春夏秋冬同一套禮服，好無聊。」

「後來呢?」宜凡急於獲悉黑暗降臨以後，公主怎麼了。

男孩說，遊戲開發小組受不了 game 迷抗議，修改程式，所以二代以後的依雷娜便有多種造型，漂亮。

「等一下修好水管，可以借妳的電腦上網嗎？」男孩搓著雙手，「有寬頻眞好。」

「可以。不過，先把依雷娜的故事說完。」

「哈，沒問題。」

「還有一件事需要你幫忙。」

「嗯啊？」

「幫我跑一趟樓下便利商店，買碗泡麵。」

宜凡的視線落在男孩因爲勞動而恢復血色的臉龐上。

「我好餓。」

嗲聲肉彈研究

「小姐妳莫苦惱，這不是一般的靡靡之音哪。」

每個人都擁有屬於自己的禁忌，那時候他要她把嘴張開，她認眞地猶豫了，並且辯稱除了牙醫之外，沒有哪個男人能讓她這樣張嘴，雖然她知道自己的牙齒漂亮，又沒口臭，就連最難去除的舌苔她也盡力刷了，可這女身第二私密的孔竅，非最親密的人她是絕不輕易讓看的。

更何況還談不上最親密的他，竟然要把手指頭伸進來。

「你幹什麼？」她伸手撥開他，另一手把嘴急急蓋上。

「就看看，沒別的。」他笑嘻嘻地說。

「有什麼好看的。」

「我想看，看妳這枚炸彈的引信在哪。」

「神經病。」對，神經病，他聽到她笑罵了這麼一句，於是心頭立刻又有螞蟻大軍攀爬著的酥癢，事實上不管這女人嘴裡吐出的字眼比這神經病更惡毒百倍的，仍會教他——甚至是全天下的男人——心頭兀起一陣又麻又癢的感受，實在是，她的聲音夠嗲，嗲得乾淨，嗲透了。

「妳是男人們身邊的一顆炸彈，不知什麼時候引爆。」他興味盎然地說。「何以見得？」她扭動發痠僵硬的頸子，漫不經心地問。按照過往經驗，她大概還有三分鐘的空檔，所以樂得與眼前的男人來點正常的對話。

「妳的聲音。」不能把手伸進去，他只好隔空指著那一只肉感的朱唇，上半身仰靠在女人的床頭，表情嚴肅地說：「妳足以殺人的聲音，讓每個男人心神渙散，他們終會逼著自己幹出一些不好的事，最後身敗名裂。所以妳像是炸彈，人肉炸彈，簡稱肉彈。」

「你這是在取笑我的身材？」她嘟起嘴兒。那豐腴白皙、吹彈得破的臉蛋遂更鼓脹，宛如一個巨型的草莓大福。

他嘿嘿一笑。但他眼前的女人不瞭解，這嘿嘿的笑法卻是他內心毫無喜樂的一種掩飾，當他集中意志在苦思著某事，且不想被旁人打擾的時候，他便會用這種神經質的笑聲當成阻隔外力的牆。

那麼他到底在思索著什麼？

「我們認識好一陣子了。」把身體從枕頭上挺起來，他突然眼神堅定地說。

「喔。」

「聽我說。」見她又按了桌上那顆閃著紅光的電話總機開關，他急切地說：「妳先暫停一下，我有重要的事要告訴妳。」

「可以等我接完這通嗎？」

「不行。」

於是她嘆口氣，把開關切掉。「最好是值得上幾萬塊的要緊事。」

「我知道妳有這個實力。」他說。回想前天她在他眼前渾身解數演出的，硬是勾住電話那端一個寂寞老男人不放達四個小時的驚人戲碼，他早徹底心服口服。「不過小姐妳別這麼勢利好嗎？是關於我們兩個人的要緊事耶。」

她調整姿勢，正襟危坐地注視著男友：「說吧，我在聽。」

「我爸媽想見妳。」

「嗯，然後呢？」

「我爸媽想見妳啊。」

「什麼？就這件事？」她發出綿羊般的嬌嗔，白胖的指掌握成一球，輕輕地敲打他伸長在床榻上的瘦腿：「都是你啦，剛剛也許是一個大色狼 call in，你害我丟了一筆生意，不管不管，你要賠人家啦。」

「嘿，聽清楚，我爸媽難得主動，這可是天賜的良機妳懂不懂？」他睜大眼睛說。

「什麼良機？」

然而他是不會說明白的。他只是神祕兮兮地嘿嘿笑著，把手肘撐在頭後面，又仰躺在了床頭。

「你說話呀。」她用盡力氣嚷著，然而從她口腔出來的聲音依然綿軟無力，像蚊子叮牛角，毫不對受話的一方構成威脅。也許這才是她作爲炸彈的眞正理由：長期遭忽視遭小覷的委屈加上長期積累未能從肺葉裡順利吐擠出的大量氣體形成的某種高壓能量，隨時隨地爆發開來將周遭一切點燃、撕裂、摧毀。相信她可以的如果她終於受不住的話。

「靠過來一點。」他朝他的新女友揮揮手。

她俯身向前，那胖胖的兩團胸肉即刻垂懸輕晃起來，白嫩圓潤的肩頭亦從兩條細帶繫吊著的連身洋裝裡露出，衝著他的眼睛像兩丸亮白日頭。他瞇著眼，雙手一攬將她拖上床。哎喲，柔若無骨的嗲聲一如柔若無骨的豐滿肉體，他整個人頓時沒入一片波傾濤搖的溫暖之海，無法抗拒地伸展著四肢放任它將自己溺死，溺死，溺死……啊——然而他忽然大呼一聲。原來她張嘴咬了他胸膛一口。她長得極好的牙齒咬進肉裡死疼，讓他霎時清醒過來，「好痛啊」，一把將忽然反擊的胖綿羊推開。

「活該。」她用手背擦著嘴，彷彿剛吃過什麼食物的滿足。

「我知道妳討厭人碰。不過看在我這麼重視妳的份上，讓我摸摸又怎樣？」他撫著胸口說。

「我們才認識一個月。」她用手指耙梳著胸前的長髮，漲紅臉說：「相信你不會胡來，才讓你進我房間的。」

「我好感激噢。」他裝腔作勢地說。「這麼說我是第一個踏進這裡的幸運兒？」

「不信就算了。」

「好好好，我信。」他把她伸向總機開關的手抓住：「不過妳要認眞一點，認眞考慮我剛才說的話。我爸媽是什麼樣的人我已經跟妳提過了，所以我們要重視這一次的會面，假如……」

「假如什麼？」她低聲問，不敢把臉轉向他，因爲後者的濕熱呼吸已經迫近她的耳邊。

「假如我們之間要有一個好結果。」

「我覺得，你好像有點懷疑。」

「懷疑？」

「懷疑我們之間會有好結果。」

「哪門子的話！」他的呼吸聲驀然從她側臉離開，又回到了那床頭，轉換成一種乾而澀的氣音，「嘿嘿」，他再次這樣假笑了。「眞是這樣，我也不會放棄今天的飯局特地來這裡跟妳扯這些。」

她知道他說的飯局。那是一群富家少爺無所事事不得不把父母的大把錢財與自己的大把時間揮霍消耗在暴飲暴食之上。「好啊，你那些哥兒們肯定比我重要多了，對不起讓你這麼委屈。」

「嗳，我們是天生一對呀。」他哆嗦著嘴唇喊著，心底暗罵妳這蠢女人。

「天生一對？你是說，浪蕩子與0204女郎？」她張開嘴巴乾笑著，臉上飄過一絲幾乎看不見的陰霾，就在這瞬間他抓住了時機終於把自己的舌頭伸進那開啓著的溫暖孔竅——她的嘴裡，觸到那片柔軟潮濕的小舌之後，兩個人便開始安靜地吻著。（她的雙手始終弓在胸前。他的手沒有碰到他想碰的。）

一會兒，空氣塡滿了喘息與心臟撲通的跳動聲，並且升高了溫度，兩片發燙的嘴唇才曉得分開來。溫存後的第一句話他說：

「好不好妳跟我去見我爸媽。」

她用右手食指與中指撫摸著自己濕潤發亮的嘴唇，神情茫然地點點頭。

他很高興，終於發自肺腑地笑了，那是一種類似壁虎叫聲的粗嘎，他邊這樣笑著邊說：「太好了，眞的太好了。」

「可是，」他聽到他的女人用慣常的極嗲的聲音但字字清晰銳利的對他說：「以後不要這樣用強的。」

他一手兜住那寬厚的身體但立刻被扭擺開，於是僞裝愧疚，體貼地說：「我明白。」（像這種時候萬不能說抱歉對不起這一類呆話，也算把馬高手的他還懂這一點獵豔基本常識。）

接下來她便繼續她的工作，當著他的面，繼續與電話彼端不知面目的飢渴男人進行匪夷所思的交談。

他能夠體諒她身爲一名 0204 電交女郎的職業道德。也就是不管周遭發生了什麼事或存在著什麼人，當客戶撥了此番電信局美其名爲「智慧型網路付費語音資訊服務專線」的電話號碼，她唯一且不容怠慢的要務便是依照老闆（一個原本在老艋舺開摸摸茶店，後來不知怎樣弄到那張第二類電信事業許可執照竟升格爲電訊公司負責人屢屢在敬酒場合自稱科技新貴的四十歲老光棍）編定的節目劇本角色（獨守空閨的少婦或情竇初開的女學生或特種行業兼差人員反正皆女性且共同特徵是欲求不滿必須找個男人解決），即便缺乏演員資質無能想像進而融入那些露骨淫穢的色情故事，但拜託聲音一定要夠嗲，就像字面涵義「開口叫爹」的親親愛愛，務必讓脫口的每一個字皆飽含慾望鹹濕腥羶要淌下蜜糖漿液般的黏稠高延展，效果是牢牢沾纏住電路線另一端實際上欲求不滿，因而鼓起勇氣將手指先插入撥號盤孔再插入自己褲襠或彈逗性幻想對象的乳尖或私處般地在新式按鍵電話碼鈕上敲點出一串慾望密碼，那些可憐可哀的寂寞男人，要他們陶醉歡快甚至喜極而泣（但最好是能達至眞實性愛中的快樂顛頂，也就是那句通行業界的老行話，「丟了」），渾不察或不計較擔任車伕角色的電信局那偌大冰冷如囚禁外星生命之祕密實驗室的機房裡，一排排交換機程式日夜發燒鬼頭鬼腦以秒計費暗槓著他們的財產（依電信局規定，「娛樂節目」每分鐘話費二十元，每次最高以二百元爲限；若爲專業人士現場主持以解答各項諮詢之「專業諮詢節目」，則每分鐘一百元，每次最高以五百元爲限），而這一端賣力獻聲像要把靈與肉全壓擠進話筒裡快遞到他們眼前的嗲聲美眉其實只爲了混口飯吃而已，如此的願打願挨。所以他冷靜近乎冷酷地旁觀著他的女人照本宣科逢場作戲，沒有絲毫不悅或不舒服。

難道他沒想過，這樣冷眼旁觀的態度不就洩露了他心底對她的蠻不在乎，她不會這般以爲嗎？不，不會的，他們倆從未在這一點上頭琢磨太久，畢竟，當初也是他撥打了她的專線，兩人才會結識，進而展開交往。所以他與她都很有默契地，有意無意忽視她的職業可能對這場戀愛帶來的負面影響，譬如他是否是一個淫邪好色的男人，而她是否是一個淫邪好色的女人。

也正是因爲這樣，所以他省事多了。

「你眞的願意，跟我這樣的女人交往？」當初第二次約會時，她在山上那座名喚「放生寺」的小廟前問他。

他屁股朝著神龕，雙眼凝望著寺前那一大片人工礁石趴滿巴西龜的池塘，一派輕鬆像觀賞動物奇觀的表情，說：「妳沒有什麼不好的，我爲什麼不願意？」

「我長得並不漂亮，身材又爛，而且，」她往廟裡瞻望，遲疑了一下：「而且你知道，我是做這行的。」

「妳不做這行，我能認識妳嗎？」他伸手摸摸她的頭，笑著說。

「你是因爲我做這行，才想認識我？」

一個埋藏陷阱的問題。然而他用更詭詐的方式回敬這個顯然不如想像中好拐的女子，他指著滿池子的硬殼爬蟲，信心滿滿地說：「牠們是不是爲了被放生，才被人捉、被人繁殖的？」

她歪著頭想了一會兒，不知答案與她先前的問題何干，於是隨便說了是。

「所以妳是爲了被解放才幹這一行，而我，正是那個前來解放妳的人哪。」

該說他聰明還是好運氣，沒想到她的弱點就這麼被直接命中，才短短的一個月，她就肯讓他踏進自己的小套房，躺上自己的床。他記得這個五官細緻，豐滿肥胖一如曾經讀過的某日本小說家（後來他才想起來是那個開過爵士酒吧的村上春樹）在那本厚厚的小說（一樣，他想了許久才啊啊嚷著我想起來了是書名叫什麼「世界末日與冷酷異境」的好冗長的故事）裡面開頭第一章（他大概只在書店裡翻讀到這裡）描述的那個「身體簡直就像夜裡下了大量無聲的雪一樣，長了好多的肉」的胖女孩，深意地看著躺在軟床上的他，輕聲細語地說起了不輕易與人言的心底事。

「算命的說，我注定要走這一行，一直到如意郎君出現爲止。」那雙眼眶濕濕的，可是他記得這女人說過自己有眼睛容易酸澀似是缺乏某種維生素的毛病。「我知道我的聲音特殊，以前爲了這副嗓子也吃了不少苦頭……我有沒有跟你提過，爲什麼我變得這麼討厭身體的接觸？不，不是天生的，我是被這嗓子害的，眞的不騙你……」

於是她開始自顧自地叨絮起來。她說，在進入這一行以前，她也曾是個正經八百的上班族，然而往往是，報到第一天她看到男同事與女同事聽聞其聲後的截然相反的表情，她便知曉自己的職場生涯又墜入一個悽慘曖昧的境地。簡單地說，男同事們鮮少能抗拒她天賦的嗲聲，願意殷勤表現以博得聲音主人的好感，這同時，他們卻也想像著眼前嘴裡發出嬌滴滴媚音的陰柔女性，骨子裡必定潛藏著因性格軟弱故極易落入陽性慾望網罟的愛奴傾向，幾回以言語暗示、挑逗、騷擾仍不滿足，見她不敢吭聲，甚至有男上司伸出祿山之爪往她身上多肉處進犯，她怒而圓睜杏眼開口叫罵，不得了，聽見她的聲音更是色慾僨張，簡直要將她生吞活剝了。這是男人的情形，女人那邊也好不到哪去。當她默默忍受著異性的輕浮，像被囚鎖在一間牆上開滿窺孔的監牢裡（刑期將與她的生命等長），她的同性夥伴們卻在監牢的外邊竊竊私語，碎嘴子們彎來繞去總的就是說她用嗲聲裝乖裝小裝可愛，狐狸精的媚功哪個人比得上，沒看見王董林總誰誰誰給她這帖藥治得服服貼貼神魂顛倒的，唉咱們就是天生歹命爹娘少生了咱們一副嗲嗓子能怪誰。她好恨。她嗲嗲的說人家又不是故意要這樣說話，生出來就這樣，要的話她們儘管拿去，何必在背後嚼舌根說那些無聊的閒言閒語。

「就這樣，我一個工作接一個工作的換，嚴肅一點的嫌我的聲音不專業會嚇跑客戶，以爲能夠待下去的公司卻把我視爲交際花公關妹，淨把我往那些色瞇瞇的大老闆們身上推，好像我就是一副沒大腦的花癡樣。你看看，我真的有像嗎？」

他接過她遞來的照片，暗呼這傢伙以前還真苗條，遠看有玉女明星的味道。「有像哩，像有大腦的花癡。」

「貧嘴。」她用胖小拳頭打了他一下。「認眞聽好嘛。」

她接著說，後來由朋友介紹去給一個老算命仙看相。那個算命仙眼看年紀一大把，耳朵卻好的，聽了她開頭幾句話，鐵口直斷說小姐妳眞好福氣，此音只應天上有，人間難得幾回聞。又說祖師爺的相書有曰，聲清主貴，聲音洪亮主有膽識氣魄，聲音溫厚則主爲人光明有情，聲音有聲頭沒聲尾，則主做事少判斷力或恆心不足。而人即便相貌平庸，只要有一把金玉之聲，亦可鴻圖大展，事業有成。「所以小姐妳莫苦惱自己的聲線，這不是一般的靡靡之音哪，也許桃花多了一點，但若能因勢利導，把爛桃花轉正，則如御風而行，無往不利。」算命仙搖頭晃腦地說。

「那要怎麼做？」

「說簡單不簡單，說難不難。」算命先生彎下腰，從斗櫃裡拿出一張紙，「我這裡有一個電話號碼，您可打過去，有人會指點您的。」

「所以，妳去找了這個高人？是何方神聖？」他在床上支起腰桿，好奇地問。

「就是我老闆呀。」

「哇靠！」他感到不可思議：「現在的算命仙還兼差當 0204 星探，眞的假的？」

她搖搖頭。「我沒想這麼多。反正我就這麼進了這一行，剛開始兼著做，後來乾脆辭掉原本的祕書工作，專心接熱線。說也眞妙，從此我覺得日子過得很坦蕩，沒有人聽了我的聲音就想 touch 我，就算想也沒辦法，說實在，躲在電話裡還眞的蠻安全的。」

「於是吃得好睡得足，心寬體胖。」

「我感激算命仙。他指點了我一條生路。」

他瞟了瞟她，把她的胖手握在手裡，捏麵般揉著。

「所以，上一回你在山上說的，是眞的？」她有些激動地問。

「哪回？什麼眞的？」他努力想了幾秒鐘：「喔，妳說那個啊，當然是眞的囉。」

「我說的哪個？」她瞇著眼睛問。

「解放，」他覺得額頭冰涼，「我是那個解放妳的人。」再補上一句：「妳的如意郎君。」

她突然撲過來壓在他的身上，柔情似洪水地淹沒了他。兩個人緊緊地摟抱著，聽著數著彼此的心跳與床頭櫃上擱著的鬧鐘滴答。

之後的家長會面便也順利進行。

她按照他的計畫把自己打扮成一只暗色系的耶誕禮物，想方設法不讓身體看起來過胖，如此賢淑氣質地邁進那間高檔西餐廳，服務生把她帶至已坐著三個人的桌子，正式穿上一套絳青色西裝的他，揮揮手朝她一笑。

「伯父伯母好。」她敬慎地打著招呼，看見他身邊那雙面無表情的長輩點點頭，算是回禮。

「人家方小姐來了，你不會動一下嘛。」忽然，戴著黑玳瑁框眼鏡的他的父親，語氣冷漠地對兒子說。她看見那枚鬍髭刮剃乾淨而顯得孤寒的深紅色唇在兒子起身幫她拉椅子時猶不滿地扭動著：「像個石頭似的……」

她看見他，眼神裡有冰霜凍結，前所未有的眼神。

「好吧，我來介紹一下，這位就是我的女朋友，你們知道的，方家宜小姐。」不耐的腔調。

「方小姐妳好。」雙鬢斑白的男長輩表情嚴肅地問：「請教芳名怎麼寫？」

「家庭的家，便宜的宜，請叫我家宜就行了。」

不出她所料，對方的臉色開始生變，在她啓口之後。她看見男友的父親，據說財產上億，身兼多家大公司總裁的富豪，微顫著臉頰，睜大的雙眼裡有篝火熠動。

「喔，是宜室宜家的宜家，倒過來寫嗎？」顫抖的聲音。

她看著那筋肉跳動的臉膛，淺淺一笑：「是的。」

（身邊的他，忽爾從鼻孔裡發出一個代表不屑的、細微到只有她能聽見的嗤聲。）

「很抱歉，我太太她不方便，」總裁先生善意地解釋道：「她不能跟妳打招呼，因爲……」

她接下來的動作讓座上人皆吃了一驚。她竟然，竟然開始比起手語。

〈沒關係。徐媽媽。我們就用手語聊天吧。〉

那面色與身上華服成反差對比的小婦人，霎時楞了一下，隨即臉上泛出紅光，五官線條冰遇火似的軟化了許多。也微笑著舉起手，無聲地與這體己的女孩對談起來。至於她的丈夫，嘴角上揚暗自掏出一條絲質手帕，把眼鏡摘下來反覆擦著，最後抹到自己那張方形的臉上。

兒子在一旁張大了嘴，無法置信地看著這一幕。他勉強壓制住自己想鼓掌的衝動：「眞是好樣的，這妞兒。」

如此，父母與兒子的女友（定義上的未來準媳婦）的初次見面，在溫馨感人的用餐氣氛下順暢地度過，席間，他很慶幸一切皆遵循自己的計畫發展著，尤其是父母親始終忘了問及她的職業，不過也沒啥好擔心的因爲他早已交代她要怎樣應付，所以他也一路嘿笑著觀察並控制這頓飯局往最佳的方向走。

到了快結束的時候，他看見他的母親朝他的女友比了一段話，他的女友快速而熟練地比了回去，兩個女人像是在街頭突然遇見多年不見的兒時玩伴，彼此因爲提到某個難忘的舊事而興奮地相視傻笑。

「很高興認識妳，家宜。」

〈家宜。跟妳聊天很開心。再見。〉

他有些嫉妒地看著自己的父母與自己的女友依依不捨揮手道別，等到他們的身影隨著家裡那輛 **BMW L7** 奔馳消失，他伸手到她背後，狠捏了她的屁股一下。

「哎喲。」草莓大大福再度出現：「你幹嘛捏人家。」

「說，妳跟我媽神祕兮兮的，講什麼？」

「她問我在哪工作啊。」

「妳怎麼回答？有照我教妳的嗎？」

「我說，我在 0204……」

「什麼!?」

「在 0204 講笑話，當說故事姊姊。」

他搓著太陽穴：「差點被妳嚇死。不過我眞服了妳，竟然還懂手語。」

「爲了你特地去學的耶。」

她看著他等著他老半天。他只是若有似無地笑笑。

「你爸媽人好好喔。」她走在前頭，雙手往兩側伸展像迪士尼的小飛象。盯著那左扭右擺的豐臀，他冷冷地說：「眞的嗎？我看是因爲他們喜歡妳吧。」

「眞的？」掉轉回頭的小飛象忽忽變成天眞的白雪公主：「你認爲他們喜歡我？」

他停頓一陣，隨即嘿嘿笑了起來：「是啊，尤其是我爸，他愛死妳了。」然後以軍事家的目光仔細檢視著那張粉嫩臉龐的一切反應，橫向的由右耳到左耳，縱向的從額頭至下巴，縝密掃過每一區塊無有遺漏。

「胡說……」

（他看到她羞紅臉了。對，害羞，這反應不錯，必須再下點工夫。）

「妳該記得我之前跟妳說過的。」他掏掏口袋，拿出一枝菸點上，噗噗吸吐著那熱辣：「我爸跟我一樣，喔不，該說我是得自他的遺傳，都愛妳這類型的女人……咦我是怎麼說的，有點忘了……」

「你是先天，你爸是後天。」她猶豫地給提示。

他哪眞的忘記。瞄了她的嘴唇一眼，他語氣誇張地說：「對，他媽的對極了，妳眞的好乖，把我的話全聽進去了。沒錯，我們家裡的男人，就我爸跟我，全因爲缺少了女人的溫柔對待，才變得今天這款模樣。所以啊所以所以，妳一出現，咱們爺兒倆都迷傻了。」

她雙手環抱著自己，腳下的步伐慢了。長統靴的鞋跟有一下沒一下敲擊人行道上的導盲磚，顯示她分心在思索著事情。

她確實還記得這個男人說過的，關於其家族的一些頗玄的軼事。那時他們才第一次見面，約在一氣氛有點鬼魅的主題餐廳，在那樣充滿灑狗血粗製濫造假蛛網、荒林、骷髏、墳墓與陰慘燈光的狹小空間裡，他的瞳仁灼灼亮著綠光，幽幽地訴說著自己的不幸。剛開始她有點後悔打破自己訂下的規則答應與客戶碰面，聽這個長相還算俊的男子這樣憂鬱地傾吐過往，她毛起來興起閃人的念頭，然而當他講到自己對溫柔聲音的迷戀，以及溫柔聲音的缺席對他人格成長的壞影響，她忍不住留了下來。

「我母親是個啞巴。」他說。

他繼續說道，從出生開始，他便沒聽過母親的聲音，別人有親親有抱抱他也有，可別家小孩睡前有母親說故事哄著唱著世上最美的曲子，他的耳邊卻永遠只有啞巴媽媽的怪叫。他用哭聲告訴啞巴媽媽別叫了，媽媽只好頻頻抱他拍他撫他親他把奶頭塞進他嘴裡，總之就用身體的接觸來替代聲音才能表達的母愛，而他父親聽了他的哭聲更感到厭煩，也許曾喊著說把這小麻煩扔了吧，因為丈夫已經失去妻子的枕邊呢喃，還來這個光製造噪音的兒子喔真是夠了。像這樣，他惆悵地問她，假如妳是我，會不會早瘋了？

「我懷疑我爸先把他的這份缺憾遺傳給我，於是我比其他小孩更需要溫柔的聲音，可偏偏我母親是這樣，所以我是先天不良後天失調，雙重的缺憾，雙重的需要聽女人的聲音，就是說，嗲聲。」

「所以你才 call 我，為了彌補這麼沉重的缺憾？」她一點也沒開玩笑地問。

「也許吧。」

這之後的發展大家都知道了，她變成了他的女朋友，嗲聲的供給來源。

「怎麼說我都是我爸的兒子。」現在他蹲在街邊叼著菸，對她說：「雖然我爸常罵我，但我覺得他比我可憐，妻子是啞巴，兒子是混蛋，就算有再多的錢，活著，會快樂嗎？不像我，身邊還有個妳。」

「嗯，這樣想起來，伯父確實蠻可憐的呢。」

「那麼妳是不是該讓他幸福一點？」

「啊？」

她困惑地俯視行道樹旁縮成一團的男友。「你在鬼扯什麼呀。」

「嘿嘿，我的意思是，用妳的天賦和專業，讓他享受聆聽的幸福啊。」菸灰一彈，就落進樹下的草圃裡。

她的臉脹成紅龜粿了。哆聲在骯髒的市街空氣中散開：「你好變態。」

「對對，就是這樣，讓我爸爽——我是說，感動，讓他感動感動。」他發現這女人的臉上竟無有慍色，心中莫名的五味雜陳，但硬是挺了過去，「改天讓你們好好聊一聊，反正他可能是，可能是妳的公公嘛，早點互相瞭解也是好的，怎麼樣？」

「你是說眞的？」她把嘴巴張得開開的，於是他看見那嘴裡沾滿唾液、炫閃著光芒的貝齒與小舌，一時間覺得天旋地轉。「沒錯。」他用了吃奶的力氣說了。

接下來的幾天，他遂生活在不斷旋轉的暈眩裡。

躺在自己的床上，幾次把昔日交過的女友們召喚出來一一檢視，她們的哆聲在他耳邊盤旋不已，最後織成一張纖維極細的紗網蒙住他的七竅，使他缺氧的腦子生出奇怪的幻覺。他恍惚看見自己坐在幼稚園的旋轉地球儀裡，以高速繞轉著，分離出許多個自己，每一個自己皆分得一位聲音極嗲的女伴，對方把手擱在他的肩上他扶著對方的蜂腰，跳華爾滋般的不停旋轉著，女伴們把嘴貼著他的分身們的耳朵軟語呢喃著甜膩的情話，然後他看清楚原來他的分身們與那些女人的下半身如卡榫般緊密嵌合，這樣離心力擺甩不開的肉體關係，末了，他是在分身們的憤怒嘶吼中醒覺過來——他睜開眼睛，看見天花板不動，又一次從噩夢中回到現實，心悸地把臉埋進掌心。

醜陋的眞相。

他在心裡對那個夢境中尚未出現的胖女孩方家宜說：其實我比妳想像中變態呵。他想像那一張0204電交女郎居然出淤泥而不染的天眞的圓臉，喃喃自語著，如果讓妳知道我是這樣變態，妳應該會保持緘默，像古代銜枚疾奔的逃兵那樣逃離我吧。如果讓妳知道，我只是想利用妳來敲詐我父親，就像那些把妳當花癡交際花公關妹的王八蛋，如果妳知道的話……。

昨天晚上，他的父親拒絕幫他清酒店的欠款，還打了他一巴掌。他的啞巴母親在一旁嗷嗷呼叫攔阻著，伸手過來碰他的肩，他瘋狗般的齜牙咧嘴捂著臉奔出家門，頭也不回騎上重機狂飆幾乎破錶跑了不知多遠，他只求不要再被那雙熟悉得可怕的手碰到。

「你以爲自己多清高，以爲多愛這個家愛這個啞巴女人，放屁！」

他到死都會記得父親聽了這些話的驚詫表情。那就是隱藏多年的祕密突然被揭穿的惶恐，關於那一捲藏在壁櫃夾層的錄音帶。「沒想到吧，父親。」他當然把他年前意圖偷錢時，在父親書房裡意外搜到的姦情錄音帶藏回原處了，然而從那時起他便以守株待兔的心情等著父親東窗事發，屆時兒子將幫著母親爭取權益，自己或可分得一大筆財產也說不定。他日思夜夢想的就是這個，那個證物——裡頭一個女人嗲聲哀怨泣訴喚叫父親的名，彷彿有莫大的冤屈到了但求一死的絕境，此般祕藏著柔軟哭聲的錄音帶——證明了道貌岸然的商場強人終也捱不住枕邊妻長年的要命的安靜而往外發展，覓得一個強力春藥或快樂丸般的嗲女把人家玩弄了又始亂終棄，對方哭哭啼啼錄了這捲帶子寄過來，「就是想要錢吧」他猜，因爲他父親有的就是錢。

可是老傢伙精得像鬼。等了近半年他沒等到那個狐狸精出現，他老爸依然忙進忙出，絲毫沒有異樣。「該不會，那女人被老爸暗地裡做掉了？」「還是已付了遮羞費？」「媽的他們又搞在一起？」他百般臆測，暗中跟監，時間分秒過去，還是揪不出偷腥父親的小辮子。乾脆一狀告到媽那邊去好了，他賭氣地想。不行，萬一翻盤了，他們母子倆一起完蛋，這個險冒不得冒不得。啊啊啊他猛搥著自己的頭，怪自己太沒用，怎麼對父親的無恥行徑毫無辦法呢？

所謂「惡向膽邊生」。

忘了是哪天，他被地下錢莊逼債逼急了，幾杯黃湯下肚，坐在酒店的沙發上半醉著，竟就萌生出一個邪惡的想法。

〈一個沒有，製造一個不就成了？〉

醉眼迷濛間，酒店公主嗲嗲的笑聲擠湊到發熱的耳殼，從耳根開始，一路往下，往下……他鬼附身似的仰天狂嘯，將貼在身上的女體翻倒然後凶狠地啃啖個徹底。

而在那一晚沒錢付開苞費被酒店保鑣扔進酒店後巷的垃圾箱與那堆嗯爛發臭的菜渣餿水嘔吐物攪和成一體，爬出來滿身濕黏像個殭屍搖搖晃晃在街上走了個通宵之後，他開始他的計畫，狂打0204，釣電交女郎。

你問一本通訊錄上滿是電交女郎私人專線的他爲什麼要找電交女郎，他會先罵你笨，再告訴你，假如要爲其父訂做一個新情婦，最好的合作夥伴正是嗲死人不償命的0204電交女郎。「因爲這老傢伙有前科，他興這味的。」他會這麼說。再問他計畫進行得如何，他搔抓著頭皮，敷衍著，沒想到這些職業的還蠻有原則，約了半天約不出來，害他白蝕了很多銀兩。

「現在有一個啦，可以下手了吧？」你問他或他問自己。

「這個傻女人？」他拿出那一張硬要來的照片，玉女時代的方家宜，凝視那純潔的笑臉甚久，最後給自己一個模稜兩可的回答。

不想這個方家宜卻給了他結結實實的一計。

那天傍晚，他低著頭往她住的電梯大樓走去，遠遠的就聽見那個熟悉的嗲聲，伴著一個更熟悉的男聲，正往自己的方向走來。他急急躲在了一根柱子後面，就瞧見方家宜，身邊跟了他父親，兩個人沿著巷道漫步，神情詭異地談著什麼。

〈她竟然，竟然，竟然……〉

劇烈的暈眩猛然襲上腦門，他不敢相信自己的眼睛，跌跌撞撞跟蹤著他們，一直到某大飯店的門口。

回到自己的房間，房裡沒有別人，他一個人坐在書桌前嘿嘿笑著，像被雷擊短路的機器人反覆 replay 預先錄好的罐頭笑聲，他的啞巴母親安靜無聲地走到他的身後，他猶渾然忘我。

「幹什麼像個鬼魂似的！」肩膀被突然觸碰他嚇得從椅子上彈跳起來，開口大罵。

母親把一疊千元鈔票塞進他的手裡，默默轉身走出房間。

不知怎地，他突然覺得眼眶濕濕的，就趴在桌面上，我們能看見那背部規律地起伏著，像爬動中巴西龜的殼。

是在哭嗎？

無論如何，事情似乎必須有個了斷了。計畫太順利，順利得超出預期，他還沒開口她便已出手，這始料未及的戲碼，讓他選擇在 0204 的離峰時段，也就是清晨天方曙，夜貓子與通勤族都縮在被窩裡打呼的時候，敲她方家宜的門。

「誰啊？」慵懶的，仍然嗲的聲音。

「是我。」

「這麼早，」門縫間出現她驚疑的臉，「什麼急事你要來……」

「讓我進去，我進去自然會告訴妳。」

「可是……」

「快點！」他把手按在門緣，急躁地說。

她把門鏈取下，將房門打開。他走了進去，門喀的一聲重新關上。

「好難得，這時候你該在睡大頭覺吧。」

「怎麼，怕我查勤？」

「說什麼。」

「奇怪妳有沒有聞到什麼氣味？」

「什麼氣味？」

「我覺得很陌生的氣味。」

「沒啊。」

「男人的氣味。有別的男人在這裡待過。」

「你發什麼神經？」

「心虛了？」

「欸，一大早你專程跑來，是想跟我吵架嗎？」

「我沒想跟妳吵。」

「那你說什麼男人氣味的，莫名其妙。」

「也許我想聽聽妳生氣時候的聲音，那麼嗲的……」

「你眞變態。」

「妳再說一次。」

「你變態。」

「誰比較變態？或者說，誰表裡不一？」

「你這話什麼意思？」

「妳發誓妳這裡沒有其他男人進來過？妳沒讓男人躺過妳的床？」

「你還不相信我？都說了這麼多次，你還是不相信我？」

「我相信，妳是個好演員。」

「夠了，你如果想無理取鬧，請你現在立刻離開。」

「好，我會走，再問妳一個問題就走。」

他冷酷地看著她哀悽的臉，說：「妳跟我爸見過幾次面？」然後以軍事家的目光仔細檢視著那張粉嫩臉龐的一切反應，橫向的由右耳到左耳，縱向的從額頭至下巴，縝密掃過每一區塊無有遺漏。

他先看見她猶豫了一下。然後聽見她說「一次」。

他嘿嘿笑著：「他媽的妳說只有一次？」

「就吃飯那一次啊！」

他突然伸出手摑向她豐滿的臉頰的那一瞬間，耳中忽然有父親那捲錄音帶裡的女人的嗲哭，然而當他的手從方家宜的臉上移開時，他發現她悲慟地瞪眼張大嘴巴，連一個聲音都發不出來。

他大步走出她的房間，走在空蕩蕩的大樓走廊，下樓的時候，聽到門輕掩上的聲音。

現在，他是完全豁出去了。徵信社人員跟在他身後交代他等一下要注意哪些事，他壓根沒聽進去，淨讓自己的心被憤怒、哀傷、恐懼、困惑與報復的快感混雜成的瘋狂壅塞著，驅使他的腳往飯店406號房疾行。

「你爸爸是早上進來的，」徵信社人員問他：「你確定要這樣衝進去？」

他把飯店交出的房間鑰匙插進鎖孔，一腳踹開門。

迎面而來，嗲嗲的嬌喘，嗲嗲的，那個賤貨方家宜在電話裡被男人爽著的淫聲浪叫。

「你們這對狗男女！滾出來吧！」他站在落地窗簾遮蓋的陰暗房間的中央，朝被窩中那一團蠕動的東西暴怒地狂吼。

然後緊接著像要昏倒似的，赫然看見床邊茶几上擺著的錄音機，聽見錄音機持續流瀉出的，嗲嗲的方家宜的呻吟。

然後他看見一幕恍若夢境般的景象。

在幻異的幽微光霧裡，他的父母的頭，不好意思地從被窩裡探出來，像被抓猴的偷腥男女那樣露出驚駭羞愧的表情。

「你聽我解釋，是家宜的好意……是她說要送我們一個禮物，這捲錄音帶，我跟你媽已經好久沒有……」

他眼前一黑。耳邊眞眞就聽到爆炸的巨響，遠遠的，從地平線的彼端蔓延過來，然後淹沒了自己。

那之後他被告知父親書房那捲錄音帶的祕密。父母親並坐在兒子面前以傷逝者的口吻向他轉述那個值得永遠銘記卻萬不能逆轉的愛恨過往。父親說你母親當年被你祖父一輩排拒，只爲了她的聲音不淑莊而不讓她進咱家大門，於是你母親留了一捲訣別錄音帶就灌了鹽酸想死，但你要原諒她不知道肚子裡已經懷上你了，人幸好救活，家族總算讓步爲了你的誕生，可是你母親的聲帶卻永遠的燒壞了，你母親成了一個可憐的啞巴，我們這一家人今天才會變成這樣。

他說他知道了。但他心裡明白，就好像炸彈只能炸一次，他答應要解放的那個方家宜，她溫柔的聲音，再也找不回來。

櫥窗玻璃與石階的報復

「你就當你一輩子的石階吧。」

她搶過他的麥克風，面對起碼上千的觀禮來賓，笑著說：「我懷孕了……孩子，不是你的。」

然後，預先排演過似的，一個年輕比丘緊接著從蓮坐的僧群中立起，大聲說：「是我的。」

半年前，命運教兩個人相遇時，比丘還是比丘，女學徒還是女學徒，比丘隨侍披著鮮麗袈裟的住持師父步入那座富麗堂皇的琉璃園，在師父與上前迎接的琉璃園主相互寒暄的空檔，隔著一片寬大的玻璃屏，看見木然坐在一批不知名機器前面，動也不動恍若蠟像的女學徒。

「去，去外邊，這兒沒你的事。」師父下令，莫敢不從的比丘繞過園子中庭，踩著青石小徑來到透明玻璃搭圍的工作室旁，心裡想的是要觀賞玻璃牆裡側展示架上那些晶盈剔透、炫彩奪目的琉璃藝品，視線卻直穿過平玻璃，沒有色心的，落在室中那方纖瘦的女子背影。他緘默望著寂寥的背影，莫名覺得感傷，這樣感傷的注視持續一會兒，最終止於那背影的聳動，他不知道自己的影子隨著時間與光線的推移已然悄悄進入工作室並且就躺在那陌生女子的跟前，於是當那背影轉動起來改換成一張受驚的蒼白臉孔，他也嚇了一跳。

五個月前，比丘獲知自己接下來將以間隔兩周的頻率造訪琉璃園，便知曉琉璃園刻正脫蠟鑄造的那十尊琉璃佛像對住持師父的重要性，按平常師父不會願意讓他輕易離開自己身邊，打從八歲剃度出家入寺，他也就習慣了讓師父隨意差遣指使的生活，想當然發號施令者的師父亦是如此，十幾年了，他忠實地守在被信眾尊為上人的師父身邊無一日改，除非，除非師父要他迴避他便迴避，譬如有大人物來寺裡「布施」，或師父去大人物的家裡「結緣」，那麼他就該懂得「去，去外邊，這兒沒你的事」，然後獲准暫離一下。所以師父面見大人物的時候他最開心，因爲他可以藉機放鬆自己，順便靜思悟道，想想怎樣變成與師父一樣風光的上人。

那麼，既然師父是如此重視琉璃佛像，比丘在與琉璃園主應對時的態度便十分敬慎甚至有些卑微，他生怕自己說了什麼不當的話讓琉璃園主不那麼用心鑄造佛像或者先對他師父道過他的不是再不那麼用心鑄造佛像，無論如何，這樣的後果是他擔當不起的，所以琉璃園主用十分冷淡甚至有些高傲的態度對待他，他欣然接受。

「我很忙，」琉璃園主抬起下巴說：「去找我助理談，她會告訴你。」

比丘順著那下巴標指的方向走去，去到上回那間玻璃帷幕工作室，找那位所謂的助理。

他再一次與那張蒼白臉孔相會了。

四個月前，比丘已見過蒼白臉孔四次，與那臉孔的主人漸漸熟起來之後，從她本人口中得知，琉璃園主一概稱手下的學徒爲助理。他看看手腕上的錶，估計剩下的時間，然後坐在一張鐵椅上，興味十足地看著琉璃園的年輕女學徒熟練地爲一尊藥師佛翻製矽膠模與樹脂模。

像前幾次那樣看了半小時。他小心地問她：「怎麼都是妳在做呢？」

她抬起汗濕的臉，說：「我是學徒。」

「所以妳負責這些步驟。」

「所有的步驟。」她的嘴角迅速上揚又跌落：「這是常有的事。」

於是他閉嘴，不再問她這個問題。

三個月前，比丘再度進到琉璃園的工作室，看見女學徒摀著肚子蹲在牆角，一臉痛苦的模樣。但是他卻被那雙較之前更爲黯淡的眼神先關注了：「你臉上的傷怎麼回事？」

「喔，被師父的戒棒打的。」他困窘地摸摸臉上的傷：「忍辱波羅蜜，無礙的。」

「和尚打人？」

「弟子犯了戒，師父有義務代佛祖教訓，這是天經地義……我想，是我的錯。」他趕緊問她以免繼續被問：「妳好像不太舒服。」

女學徒苦笑著坐到椅子上，舉手將凌亂的頭髮順了順，說：「連幾天趕工，胃出了一點毛病，不過總算把千手觀音的蠟模做好了。」她伸手摸著檯面上一組深褐色的粗胚，臉色稍微好轉，「她的彎彎角角太複雜，千手太纖細，拆模時失敗了好多次，唉，不容易。」

比丘無比憐惜地看著千手觀音蠟模，知道那是女學徒忍著胃痛趕出來的東西，心頭有些不忍。「妳還是去看醫生吧，這樣下去，身體會弄壞的。」

女學徒搖搖頭，依然是苦笑。比丘還想說什麼，突然，他看到她用手摀住嘴，臉色鐵青地從椅子上站起，然後轉身衝進內室去。一陣嘔吐的聲音傳來。安靜。又是一陣嘔吐。

比丘不安地在工作室裡踱步，他有些慌了。這時候他看工作檯上的觀音蠟模像看什麼罪惡的東西，但又想那是尊貴的菩薩，於是內心不停禱唸阿彌陀佛，希望女學徒不要有事才好。他來回走著，等著女學徒安然從廁所裡出來。走到一張櫃子旁，不經意瞥見一個半透明、裡頭隱約有幾包薄紙包藥丸的藥袋。他莫名生出衝動把藥袋打開，將裡頭一藥包取出，立刻認出那橢圓形的白色藥丸。

「胃藥。」女學徒虛弱的聲音猝然在他背後響起，他又嚇了一跳。他慌張地將藥包塞回藥袋，將藥袋擺回原位，回頭說：「對不起。」

那張蒼白有如亡者的臉凝止不動。那雙眼睛綠瑩瑩躲在濕黏的劉海裡。僵持幾秒，最後比丘聽到一個問題：「你說你犯了什麼戒？」

出家人本不打誑語。可是比丘心裡想的是對方也撒了謊，因爲過去幾次參與愛生命反墮胎的宣導活動，義工拿過名喚 **RU486** 的藥給他瞧過，所以他知道白色藥丸根本不是什麼胃藥，對方選擇不說眞話必定是基於某種必要的私人原因，那麼他也可以基於某種必要的私人原因不說眞話，那麼他就不需要說明自己之所以挨打，是因爲他打掃時不小心發現師父偷偷壓在禪房榻榻米底下的那本存摺，並且未經存戶的允許擅自翻閱的緣故。所以他告訴她，自己是讀經時打瞌睡，師父才棒喝他。

女學徒聽了，露出輕蔑的笑，好像之前的身體不適消失了一般。

兩個月前，師父越來越信任比丘，開始讓他下山去辦一些往昔他沒有機會接觸的事情。比方說，買昂貴的禮物送去給師父在俗世的女兒。

那一天，在固定造訪琉璃園之前，他便是拿了師父的一大筆錢先轉去百貨公司買兩個名牌包，預定在離開琉璃園之後送去給那位驕縱的大學女生。他待在琉璃園待到很晚。一方面是出家人的慈悲想多陪陪那臉色愈形憔悴的女學徒（現在她算是半個朋友了），另一方面則是對女學徒正在進行的選料步驟感到好奇，沒多少交談的兩人就這麼維持著寧靜的默契，偶爾幾聲水晶玻璃與陶盆的敲擊打破這樣的寧靜，恰好讓氣氛不至於太乾，也讓沉陷於水晶迷離幻境的比丘適時清醒，帶點疏離的，啓口問幾個外行人問題。

「看妳反覆排列那些玻璃塊，大概有半個鐘頭了吧，好像有特別的講究？」

「水晶玻璃的色塊排列，與熔鑄成形後的彩晶分布息息相關，所以不能隨便擺放。」

他歪著頭看她。

「不懂？簡單說，這些玻璃塊怎麼擺，熔出來的琉璃就是怎麼。」

「那不跟人心一樣？」

她歪著頭看他。

「百千法門，同歸方寸，河沙妙德，總在心源。」他雙手合十，表情認眞地繼續說：「貪嗔癡怨，繫乎一念，是非善惡，存乎一心……」

女學徒突然哈哈笑起來打斷他。她笑著說，我不信佛，你念的什麼經我聽不懂。然後指了指陶盆裡的玻璃塊：「我只懂這些。」

比丘有些著急地想多解釋，他比手畫腳準備搬出師父的一套來勸化眼前這個紅塵女子，出乎他意料的，琉璃園主竟選在這時候現身。

「我們要下班了。」那副金邊眼鏡與滿室琉光不相容的刺目金光，讓比丘差點閃了眼睛。然後那尖銳的金光接著轉過去灼刺表情變得僵冷的女學徒，比丘聽見男人說了這麼一句莫名其妙的話：「相談甚歡嘛你們。」

比丘感覺氣氛不對，匆匆起身告辭。他在步出那扇玻璃門的時候回頭一眼，看見他的朋友在園主的面前低著頭，沒有像前幾次那樣朝他揮揮手。

比丘走在昏黃的夕照裡，不知怎地覺得有些難過，好像剛扛過五十袋賑災米，胸口悶悶的。他悶悶不樂地走了一會兒，忽然發現兩手空空，這才想起那兩只名牌包，他把師父女兒的禮物忘在琉璃園了。於是他往回走，腳步飛快，他想快點兒回到那間工作室，找包包，同時再見上朋友一面。

琉璃園的大門還開著。比丘走進去，甫繞過中庭的水池，便看見主燈掩熄、光影曖昧的工作室裡正發生著的一幕。他看見一排琉璃藝品後面，琉璃園主貼著女學徒的背站著，那雙手伸進後者的衣服裡面，上下移動著。然後女學徒掙脫那雙手，張大嘴叫喊什麼但比丘聽不見，比丘只看見那五官細緻的臉孔被軌道燈的黃光照出一張絕望的表情，而琉璃園主又貼上那貓起的背，把全身重量壓在那具嬌弱的身體上，兩個人在工作檯邊疊成一個醜陋的ㄏ字，那雙鄙夷的手，雄性慾望的手，又展開肆無忌憚的摸索。

比丘驚駭地目擊這一切，渾身不住地發抖。後來他終於鼓起勇氣，往那堵玻璃牆衝過去，嗙啷一聲巨響整個人趴在厚實的玻璃上，這一瞬間，工作室裡的肉ㄏ字被猛烈地切割、還原成兩具身體，比丘擠壓變形的眼睛矇矇朧朧辨識出琉璃園主又驚又怒的綠臉，以及他的朋友，女學徒，令人不忍卒睹的悽慘面容。

女學徒倉促地把頭轉過去，避開了他的注視。

比丘隔著玻璃，第一次大無畏地面對琉璃園主。他大無畏地伸出一根食指，指著工作室的一角，指著他擱在那兒的名牌包。

一個月前，距離寶供大典僅剩下一個月的時間，比丘幾已成爲師父的代理人，在琉璃佛像的事情上。不過他與眞正的全權代理還有一層薄紙的距離，當師父把一個信封交代給他，那滿布皺紋的臉上又露出上回存摺事件相同的嚴肅表情，他便知道，信封內給琉璃園主的神祕訊息，仍然是他無權觸碰的。所以比丘揣著這只禁忌的信封走進琉璃園主的辦公室，將它放在那張高級檀木桌的桌面上後，轉身便走。

「嗳，等等，」琉璃園主卻叫住他，狐疑地問：「怎麼是這個數目？」

「什麼數目？」比丘說。腦子裡又浮現那傍晚的醜惡畫面。

「你們之前跟我講好的，發票金額不是這樣，沒這麼少。」琉璃園主揚揚手中的信紙：「計畫改變了嗎？」

比丘壓根不解那傢伙的意思。「什麼計畫？」

琉璃園主打量了他幾秒鐘，最後朝他甩甩手：「沒事，你可以走了。」

比丘離開辦公室，在關上的門後站了一下。他聽到琉璃園主突然說起話來像是與誰在打電話，然後他聽見琉璃園主喊了一個他熟悉的法號——他師父的法號——且以這法號為對象，語氣激動地展開一連串的討價還價。

比丘一直等到聽懂了電話兩頭的商人究竟在議什麼價才走開。

「妳好。」走進工作室，比丘對著埋首案前的女學徒打招呼。

女學徒抬頭看了他一眼，低頭繼續她的工作。

那是他們倆在那一天的第一次也是最後一次的互動。

兩週前，比丘感於情勢的緊迫，他在師父面前更加謹慎。雖然他不明白近日師父心情浮躁的緣由，但他猜想，必定是與那一位唸大學的女兒有關。好幾次他不小心聽到禪房裡的隔空對話，那一對父女在電話中為了女兒男友要錢的事激烈爭吵，末了斷不了親緣的父親掛斷電話，為徒的從門簾縫隙窺見一個咬牙切齒手捻念珠口誦心經，情緒一觸即發的師父。

比丘有種喘不過氣的困難。他好容易離開寺裡的高氣壓，下山的路上，卻覺得自己像一道被撕扯的鋒面，正往一團沉鬱的低氣壓墜落。

想當然是因爲她，琉璃園的女學徒。比丘隱約可以察見自己走進琉璃園的步履遲疑了，他一想到那傍晚，那傍晚以後他與女學徒之間逐漸形成的鴻溝，他像那傍晚離開琉璃園時的胸口悶窒，宛如扛過一百袋賑災米。然而他仍然得走進那間工作室，去面對那一張始終紅潤不起來的臉顏。他努力把佛祖的教誨放在心上，希望藉著祂們的存在，讓女學徒的存在不至於使他窒息而死。就是這樣，他那天走進低氣壓核心的時候，心中是占滿了佛菩薩的。

「你……心情不好？」但女學徒終於又與他說話，第一句話卻是這麼著。

比丘胸中的塊壘頓時煙消雲散。他伸手摸摸自己的臉，將上頭的冷硬線條抹平。「不，我法喜充滿。」

「這樣啊。」

「是的。」

女學徒身前的布輪又吵鬧地轉動。比丘看著她把一尊琉璃如來按在布輪上仔細地研磨刨光，隨著那嫻熟靈巧的動作，如來漸漸晶瑩剔透，吞了光似地神氣起來。

「所以每一尊琉璃佛都得這樣磨過？」

「吃得苦中苦——」

「方爲人上人。」

「有默契。」女學徒彎著眼睛。蒙著口罩的她只能用眼睛表達情緒了。

比丘突然想到一個故事。

「聽過石佛與石階的故事嗎？」

「沒聽過。」

「有一天，石階問石佛，同樣是石頭，爲什麼你受萬人頂禮膜拜，我卻得忍受萬人踐踏輕視？」

「然後呢？」

「石佛說，你石階四四方方，我卻得忍受鑿刀千割萬剮才成今日之貌，此等非凡痛苦，教我成非凡之神，當受萬人頂禮膜拜。」

女學徒揪住布輪。「石階怎麼反駁？」

「我不知道。」比丘說：「故事到此爲止。」

「我也說一個故事。」女學徒冷笑一聲，說：「聽過琉璃佛與櫥窗玻璃的故事嗎？」不等比丘回答，那口罩下的嘴巴繼續說了：

「有一天，櫥窗玻璃問櫥窗裡的琉璃佛，同樣是玻璃，爲什麼你受萬人寶愛珍藏，我卻得忍受萬人塗汙忽視？琉璃佛回答，你櫥窗玻璃四四方方，我卻得忍受高溫熔煉與鑽頭凌遲才成今日之貌，此等非凡痛苦，教我成非凡之神，當受萬人寶愛珍藏啊。」

「那麼，櫥窗玻璃反駁了嗎？」比丘問。

「我不知道。」女學徒的眼神霎時冷如冬月：「我不知道那算不算是一種反駁，你知道嗎，櫥窗玻璃最後選擇自毀，讓琉璃佛從此暴露在風塵中，沒多久變成一塊醜陋的廢玻璃，遭人唾棄。」

「嘩，可怕的怨念。」比丘雙手合十，搖著頭說：「這是妳自己編的故事嗎？」

女學徒沒給答案。她只是伸手握住了比丘合十的手，用一種溫暖的聲音說：「那一天……謝謝你。」

比丘沒敢把那冰冷的手撥開。

於是昨晚，命定的昨晚終究來臨。

比丘剛用完晚膳，正在幫忙收拾碗筷的時候，一個師弟跑來通知，「有你的電話，女的。」

比丘忍受著一旁師兄弟們的灼熱目光，猶豫地拾起香堂裡的老話機聽筒，聽，那一頭先傳來一陣笑聲，然後是一個難以辨認是誰的女聲，說，對不起打電話騷擾你。

比丘立刻知道那是她。他放低聲音說：「有什麼事嗎？」

「呃，我……嘻嘻，沒什麼事……只想找石階聊天。」

「妳說什麼？」比丘將整隻耳朵黏在聽筒上：「請再說一次，我沒聽清楚。」

「哈哈哈，我做的那些琉璃佛，很漂亮吧？」

「妳怎麼了？」

「我在……我在喝酒啊。」

「原來妳醉了。」

「醉？這點酒我會醉？你太小看我了吧！你們這些男人，都是一樣，瞧不起女人……」

「我沒有！」

「沒有？啊，對喔，你是和尚，不是男人，呵呵呵……」

比丘惶恐地將電話掛斷。他看到那位壞脾氣的師兄雙手抱胸，正站在角落裡瞪他。

然而電話又響了。響了幾聲他接起來，聽到女學徒哀怨的哭聲。

「你怎麼掛我電話？」

比丘停止呼吸。

「你說話，說話啊，你怎麼不敢說話？你不是慈悲的出家人，見死不救嗎？」

「死!?」比丘衝口而出：「妳不要幹傻事！」

但女學徒這時候卻悽慘地笑起來。在對方掛斷電話之前，比丘聽到那一個可憐的聲音說：

「你就當你一輩子的石階吧。」

比丘沉痛地將話筒歸位。

他轉過身，就在他看清楚眼前那一襲鮮麗袈裟的同時，一根堅硬細長的東西赫然自半空落下——落在他的臉上。

現在，比丘帶著臉上標記了色戒的傷痕，坐在擠滿千人的寶供大典會場上，看著他的師父一派清高的對信眾開示貪欲的毒苦。

講台的背後，那十尊琉璃佛一字排開像完美的裝飾品，將上人的身影襯托得更超凡入聖，配合繚繞會堂的悠揚梵音，在場信眾彷彿置身佛國仙境。

「各位居士大德，在家師父，所以修道戒貪，貪則心不安，不能證如來，了解否？」

掌聲如雷，如雷的掌聲裡，比丘首先想到那一本禁忌的存摺，還有那一封禁忌的信。

至於信的收件者，那位徹頭徹尾的商人呢？

「各位居士大德在家師父社會賢達，現在，讓我們歡迎琉璃寶佛的創作者，第一流的藝術大師，琉璃園掌門人盧先生出場！」

又是一片掌聲如雷，如雷的掌聲裡，比丘首先想到的是那一個色欲高張的黃昏，那一雙無恥的手。

至於那雙手的受害者，我可憐的朋友呢？

「我懷孕了……孩子，不是你的。」

一個發自雲端的指令，像掀翻石階的響雷，比丘聽見了，於是面朝石佛——他的師父——毅然站了起來……

雨中鴿

「等待一隻雨中的鴿。鴿子飛翔的雨中。」

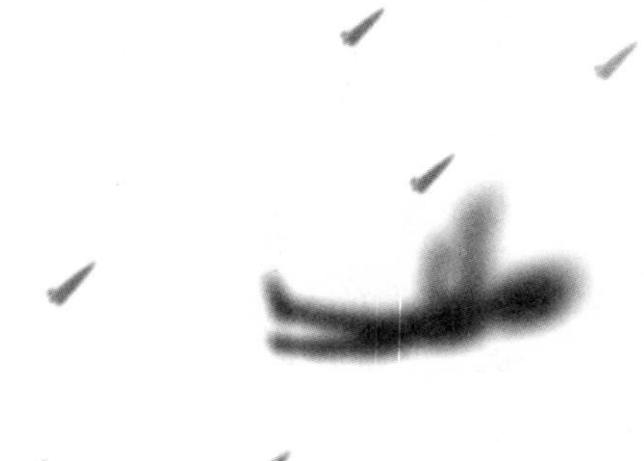

當雨滴穿透屋前晾曬的漁網，把地上盛裝魚乾的鐵盆敲打出叮叮咚咚的聲響，福村的家家戶戶也把他們緊閉如蜆殼的大門打開，讓屋裡悶得夠久的孩子如蛤仔吐沙地給吐出屋外。

下雨了。這是個孩童歡欣的時刻，在島上唯一一間旅館裡借宿的觀光客很容易便從房間窗口得到這個結論。他們倚著窗小心不讓華服沾著窗櫺上的灰塵，以居高臨下的角度遠眺幾塊坦露在溟濛天空下的泥地，那兒，穿過銀白色的雨絲他們可以瞧見那兒有魚苗般的逗點正活潑跳動。那是福村的孩童在雨中戲耍。那些孩子看上去一點兒也不怕鹹濕腥臊的海雨，彷佛置身屋內那般泰然。

「不愧是討海人的兒女呀。」什麼人在旅館的窗邊又欣羨又憐憫地喃喃。

可惜，他們弄錯了。

那些雨中奔跑、跳躍、大聲吆喝的孩子。你不知道，假如能鼓起勇氣，捲起褲管撐把傘跨過那一窪窪冒著泥泡的水坑悄悄靠近他們，會發現那一張張逆雨承受體內血液衝擊而泛紅而青筋暴露的小臉，不知何故全漾著雜糅了歡愉與憂懼的怪異表情。這些氣喘吁吁的男孩女孩被某種神祕的力量驅策著，彷佛戲偶賣力合演著一齣雨中劇：騎馬打仗，摺紙船，丟水球，跳格子，無意義地彼此追逐……，這些動作咸以快板的速度進行著，那一對對敏感如幼兔的眼睛則不時仰望天空，密切注意烏雲的流向和雨滴的大小。

孩子們怕，怕雨太早停。

你或許能想像，雨一停，戲水的歡樂便要消散。但你不知道，雨一停，福村的孩子就得躲回屋裡，躲回父母的懷抱，因爲惡名昭彰的黑貓孝義，就要踏出東風街的巢穴，再度橫行於福村每條街衢。

關於黑貓孝義的傳說，在腥溲濡濕的空氣裡發酵已久，如今儼然具有增殖繁衍的生命力，於是鑽進福村每隻畏懼或憤怒的耳殼的樣貌，便有了種種版本。不過，首先你務必了解的是，黑貓孝義，不是貓，是人。這名叫孝義的少年約莫二十出頭，或未滿二十，說不得準，因著他漆黑的膚色與銳利的眼神讓福村老小經常誤判他的年紀，還幫他取了個黑貓的外號。當然，這種說法容易招誤會。事實上，黑貓之爲黑貓，豈有皮膚漆黑眼神銳利如此簡單。問問魚市的販子，或者碼頭管倉庫的老劉，哪個不爲這刁鑽的少年痛心疾首咬牙切齒的。

一定是該死的黑貓幹的——每回，攤子的竹簍裡莫名少了條魚或者倉庫的貨包被無端刨出口子，魚販和倉管總會如此咒罵，同時在他們浮躁的心底閃過一縷黑乎乎的影子：一隻黑貓將逃未逃的身影。他們會想像那根黑尾巴猖狂搖甩的模樣，還有那張貓臉，那張狡猾貓臉轉過來對人冷笑，也不避諱嘴上端端叼著贓物；接著，他們的耳邊便恍惚有金屬碰撞聲響起，叮噹，叮噹，那是貓脖子上掛著的一對銅環在貓崽子行竊的同時恬不知恥相互碰擊，像貓鈴鐺卻全無貓鈴鐺的可愛，反添了股討厭的挑釁意味。

合著看，福村的受害者眞想把少年孝義給貓化。一般人對付一條偷腥的貓挺費工夫，可對世代捕魚爲生的福村人來說，不成問題。他們早早發展出防貓的身手與技術，經常憑著一張漁網與一根棍子，就能把條撒潑的惡貓手到擒來，管牠是黑是白還是花。可惜，黑貓孝義到底不是貓。這個孝義非但不是貓，還滿肚子鬼，他不知如何招攏了許多同他一樣失怙的小鬼，就著東風街老瓦房升起一窩賊窟，平素淨幹些偷雞摸狗的勾當。所以，福村人得對付的，不是一條，而是一大窩難纏的野貓，只要孝義那幫人傾巢而出，化整爲零流竄在福村未設防的角落然後胡亂偷盜一點，甚麼高明的防貓術都無效。

然而，黑貓孝義怎樣成爲一根揪心賴皮扎在福村人背後的芒刺，還有一個更強大的理由：他是林長山的兒子。

吃人鬼林長山，福村另一個詛咒。

憨人才接近東風街的大瓦房，這已是福村人的常識。在屋主林長山從頂樓一躍斃命之後，那棟蟄伏在東風街尾被青苔老藤包覆住的黑魆大瓦房，便漫起一股森森鬼氣，當地居民即便頭頂朗日，不得已必須經過它時，也要無端起雞皮疙瘩。好些人甚至繪聲繪影地說，他們曾在陰雨霏霏的昏暝光影中，親眼目擊瓦房頂樓飄遊著蕭白鬼影——人們說那定是林長山的鬼影，死不瞑目的他，還想念著人肉的滋味。

吃人鬼陰魂不散，誰有膽近他的屋，剿他兒子的貓穴？老一輩的可還忘不了當年碼頭那慘絕不祥的一幕啊，在那場溶海天成一體的黑色暴雨中，載著五個漁郎出海的船只載回了一個人以及，白蒼蒼壓在倖存者林長山屁股底下，半截被啃爛的手指頭……

福村人幾乎要徹底絕望。他們只得將孝義一幫人被誇大了的惡行（比方說他們爲了充飢會把小娃兒騙去開膛破肚煮下水湯云云）鑄成一把堅固的鎖，把兒女禁錮在家裡，然後群聚在村裡的天后宮一起悒鬱嘆息，一起瞠瞪神龕裡的媽祖娘娘竊聲抱怨：「這孽，毫無道理呀。」

直到某個飄著細雨的日子。那日，福村人歷經漫長的觀察與等待，竟然神悟似地發現了黑貓孝義的罩門。

雨。媽祖她老人家引導海上漁人逃脫，而現在要引導漁人兒女們走進去的，是雨。福村人感到慶幸，也萬分佩服自己的聰明，對啊，他們恍然大悟，貓怕水啊，只有天降雨水，那條可恨的黑貓才會收斂爪子安份地躲起來，然後孩子們便可以放心在街上戲耍，眞有道理！

於是，一切又有道理了起來。當天降甘霖讓孩子們燥渴的肌膚同魚皮一樣光滑，並且讓黑貓孝義暫時銷聲匿跡，人們無不仰天禮讚，雖然，雨象多少影響了討海的營生。

「寧肯讓老天爺剝削！」但他們會咬著牙這麼說道，眼裡且盈滿復仇的快意。

現在，你總算能夠解讀福村孩子在雨中流露的那種神情。你漸漸的能夠體會福村人的感受，眼下有人敘述媽祖娘娘是如何如何以一場雨來護衛善良的福村黎民，你點頭嘖嘖。

「貓怕水啊。」

可惜，你們都弄錯了。

傳說中黑貓最脆弱的這個時刻，雨水泠泠敲擊東風街瓦屋屋頂並揚起濛濛水氣，黑貓的保護色倏忽被這潮濕氛圍漂洗褪淨，還原成一具少年肉身，動也不動。

少年孝義動也不動沉陷在極東遠眺的姿勢裡，他同時專注地聆聽，想從此起彼伏的蛙鳴中聽出什麼。

樓下，坐著趴著站著交談玩耍甚至躺著酣睡的浪兒，都竭力維持著瓦房裡的寧靜。他們抑制自己的聲音，因爲即便是一丁點噪響，都可能讓樓上「閉關」的老大受到驚擾。

閉關——他們只能如此詮釋孝義老大的古怪行止。每回下雨，平常精明的老大總變得判若兩人：他會眼神飄忽，全身力氣被抽光似地緩緩爬上頂樓，一待就是半天。曾有個弟兄好奇跟上去偷覷，發現老大傍著木籠而坐，面朝大海愣愣發呆，時不時起身高舉一面白旗朝天揮舞，像在練甚麼神祕功夫。一定是一定是，後來幾個大孩子便鼓譟地說，老大一定是在閉關練功，不管是甚麼樣的功夫，總之能讓老大趁雨吸取天地靈氣……你們沒瞧見他上樓前那副模樣嘛，一旦出關就恢復正常，所以一定是的。

他們還對頂樓那口空木籠議論紛紛。擱在頂樓中央、以帆布蓋頂的白漆木籠，有人猜是狗籠，有人猜是鳥籠，還有人說根本就是老大家裡的禁閉間，大人用來關壞孩子的地方——最後，瓦屋裡有了非常的結論。孩子們一致認爲，木籠其實囚禁著某種看不見的生物，這種玄奇的生物到底長什麼樣子，唯孝義老大一家才能看見。

「會不會與老大練的功夫有關？」孩子們說，但沒人敢問。

無論如何，因著閉關，因著空木籠裡的「牠」，這些身世飄零的孩子加深了對孝義的崇仰。他們更加惦念曩昔被孝義收留的點滴，以此循環相生的信念，不斷強化孝義在他們心中的傳奇形象，並且透過口耳相傳爲他拉進更多的追隨者。沒多久，林家老宅的荒涼已偷偷去了大半，填補空隙的是人的體熱，沸騰，上揚。

少年孝義因此坐實了那個位置。那個上方的位置，福村人的冷與棄兒們的熱隔著瓦牆內外衝撞合流拱上來的位置，讓孝義無法動彈只得於幻想中沉淪，入魔般繼續等待。

等待一隻雨中的鴿。

「小花，認不得路了麼？」

長久以來，孝義總在囈語之後起身，接著揮動一柄竹竿，讓竿上的白幡翻攪出炫目布浪。在那之前，他總是先用他幽幽的眼神由遠而近抹出一道虛線，那虛線由海平面某點起始，穿越碼頭，穿越相思林，穿越東風街，最後往他飛奔而來；虛線斷續有序代表鴿子小花每一次羽翼拍擊的動態，一如驛火傳遞時張時偃的焰花，搖曳閃爍，在遙遠的舊日捎來父親平安的消息。六年了。父親最後一次出海在六年前，這六年來福村不知下了幾場的雨，然孝義雨復一雨對著那條懸跨福村上空偶爾幾隻麻雀掠過的虛線拚命舞動旗竿不肯放棄希望，雖然，他總是得默默放下旗竿，再度受挫。

「孩子，村裡那些蠢貨懷疑我，但你不行！你得相信，小花不在我的肚子裡，她不在我的肚子裡啊好不好你相信阿爹……」

他不肯放棄，或許是因爲父親那番臨終遺言。他猶記得那晚，父親語無倫次話完，從瓦房頂樓跨出最後一步，甚麼線索也沒留下，以至於後來村民驚駭地發現徹夜守在父親屍體旁的兒子，爲其視死亡如無物的冷漠而竊竊私語「看看這一對可怕的父子」那時候，他整個人呆茫掉了。

「不，你們錯了」——他猶豫著是否該反駁村民，當他徹夜質問腦殼碎裂的父親終不得解，包括父親是否吃了人在內的所謂眞相，霎時淹沒在記憶交纏的漩渦裡，徒留滿天問號。

——到底，您說的話，是眞是假？您是臨終吐眞言，還是爲脫罪而扯謊？小花眞沒被您吃掉麼？那麼爲什麼，爲什麼小花還不回來？

一陣風從雨中吹來。他頭上那對銅環再度碰撞鳴響，像呢喃，喚醒他的兩個記憶。他親愛地撫觸兩只銅環——母親的指環與小花的腳環——想起那兩個記憶不幸碰撞合而為一的過程，再度心痛起來。

他與小花，邂逅在母親頭七的黃昏。

彼時，弔客先後離去，父親與他枯坐靈堂對著母親的遺照默默掉淚。窒人的靜寂讓他彷彿聽見自己落淚的聲音，ㄉㄚ，ㄉㄚ，ㄉㄚ……。就這樣不知過了多久，外頭溘然下起雨來，ㄉㄚ！ㄉㄚ！ㄉㄚ！斗大的雨珠好似巨人眼淚開始敲打窗子，誘引他側耳傾聽。

然後他突然就聽見了。

「咕——」熨燙人心的鳴聲。

他拭去眼淚，狐疑地往光影繚繞的大門口看。

「是鴿子。」父親說。

十四歲的他從母親靈前起身，站在門檻上往前庭發楞幾秒，然後回頭朝父親喊：

「眞是一隻鴿子！」

當夜，瓦屋裡多了一雙盯注冥紙焚燒的灼亮眸子。還有那打破死寂的鳴聲：咕——咕——

他躺在床上徹夜聽著，一邊想像鴿子在大廳來回走動的模樣，一邊等待母親的魂魄如傳聞般歸來，直至跨越寤寐，頭七的夢被破曉的第一道陽光射破，他揉著眼邁出房門，沒看見母親。

只有那隻來路不明的野鴿，安靜地蜷在母親的靈案上，像睡著了。

「這可不是隻野鴿。」早起焚香的父親輕聲地說，並且要他看看鴿子腳上的銅環。「可能是躲雨來的吧，還眞不怕生。」

「我們得把牠放走麼?」他試探地問，眼裡有份期待。

父親猶豫了一下。

父親捧起鴿子走到門口，讓鴿子站在地上，說：「由牠自己決定。」

幾天之後，林家頂樓豎起了一座白色木籠。孝義清楚記得，在鴿子極奇妙地留下來以後，父親荒廢打魚工具，幾次氣走來報魚汛的朋友，滿臉鬚髭待在頂樓敲敲打打，一鼓作氣搞定牠的窩。

甚至小花這名字也是父親的主意。「該給牠取個名」——當初父親一這麼說他便曉得，小花注定要留下來，在母親病故之後塡補家裡的空缺。所以即便父子倆壓根不辨鴿子公母，他們還是決意給牠安上這個嬌媚的名，以此紀念名字裡也有個「花」字的母親。

從那時起，父親不喝悶酒了。他把家裡的酒甕摔破，將瀝酒的麻布裁成一面旗綁竹竿上，預備站在頂樓迎著晨昏的霞光揮舞它——「看看小花認不認這面旗，認不認這個家!」他對兒子宣告。

小花沒讓父親失望。

他記得放飛小花的首日，父親一邊舞動手中的旗幟，興奮的瞳眸倒映著橘紅色雲叢與雲叢間繞旋不去的小流螢，他們的鴿子小花，一邊說：「看啊，多好的鴿子，多好的小花，咱的好小花……」

好小花從未讓父子倆失望，甚至後來考驗的場所從村裡搬到一望無際的海上，依舊沒讓他們失望。

第一次父親帶小花出海，他望著浪濤間時隱時現漸行漸遠的鴿籠，心裡著實擔憂。他一想到海的詭譎萬變，緊張心情難以平復，於是在頂樓揪著心等著，直等到海平面那頭出現一個小點。

慢慢地，越來越大的點兒越來越近，依稀有一對強健的小翅撥動風撥動陽光，讓他瞇起的眼看得花了，正朦朧當中一陣風掠過，那一對翅膀已優雅斂起，小花已安返窩中。

他當下感動得掉淚。當下，他對著鴿子說，妳確實認得這個家呀。

「是呀認得這個家認得咱們的家就像家的一份子就像……母親，所以阿爹怎麼忍心怎麼狠心把小花她……不！不可能的！我不相信！」

「孝義你是個孬種。爲什麼阿爹海難歸來被村民唾棄咒罵說他吃人肉才苟活下來那時候，你就不敢吭聲呢？爲什麼全村再沒一家店願意賣東西給林家逼得你只好當起小偷那時候，你又不敢吭聲呢？還有還有，爲什麼那一夜那個可憐的男人跳樓之前，用那樣悲哀無助的眼神看著你，那時候你他媽的就不敢吭聲呢？」

「因爲，因爲小花沒回來！她沒回來！」

六年前，他會這麼反駁，六年後，天可憐見，他依然找不到其他理由。當年收拾父親的遺物，從那條長褲褲袋摸出小花的腳環，那一刻，他的靈魂已死了一半。剩下來的一半，每逢雨滴又敲在窗上便要拖著他的身體返回母親頭七的黃昏，教他豎起耳朵擦亮眼睛拚命地聽發狂地看，好像一頭嗅到獵物氣息的大貓惟獵物卻是大貓自己，因爲倘若那發出咕咕嗚啼的灰色影子眞被他找著，他會掏心挖肺將自己獻上。

可連這點卑微的祈求上天都無法應允。

「小——花——」他忍不住又朝遠方淒厲喚叫。

雨愈下愈大。樓下的孩子們更加安靜，他們早學著適應雨天裡的窒息，尤其雨勢隨著老大的呼喊而愈發急狂，彷彿要淹沒這個世界，他們只能等待，等待雨停，等待老大出關。然而雨愈下愈大，孩子們漸漸沒了主意，這雨要是下個不停那麼沒人知道該怎麼辦。

然後，突然間，雷聲大作。轟隆一聲巨雷，震動了瓦屋，讓屋頂的瓦片與幾個膽小孩子的牙齒一同叩叩作響。緊接著，每個人都聽到樓梯傳來登登登的腳步聲，緊接著，每個人都看到不尋常的景象。

孝義老大下樓了。

孝義下樓但沒人敢喊他，更甭說攔他，屋子裡每個人就這樣眼睜睜看著他奔出大門，消失在雨中。

發生了什麼事？

雨中，福村孩子的尖叫蔓延開來。雨中，媽祖娘娘的信徒驚恐地扭曲著臉看著冒雨狂奔的黑貓絕望地喃喃：完了完了。

但發生了什麼事？

將時間拉回到那一聲雷之前，閃電將漆黑的海面照亮。只一瞬的光，便讓瓦屋樓上那雙銳利的眼瞥見那艘風浪裡搖擺著靠岸的小船，讓那張激動的嘴突然喊出「阿爹」，催動那雙矯捷的腳下了樓，往海岸跑。

阿爹阿爹，孝義著魔地喊著跑著，有個聲音，不，有團聲音拉扯著他靈敏的耳朵，愈發響亮，愈發熟悉，咕咕咕咕咕……紛紜而眞實的鴿鳴，牽引著他邊喊邊跑又哭又笑，直抵岸邊。

一艘甲板上載著一口鐵籠的小船停泊的岸邊。

一口囚禁著無數鴿子的鐵籠，擱在小船甲板上，伴著三個男人。

三個男人困惑地看著全身濕透的少年，看他貓似地跳上小船，看他對著喧囂的鴿籠傻笑，最後看他動手打開籠門三人憤怒咆哮一齊撲向他。

爲時既晚。

在孝義被某種凶器擊中之前，成千上百雙羽翼撲打著衝出鐵籠拂過他微笑的眼眉匯成一條繽紛閃爍的長河逆勢倒飛穿破綿密的雨幕最後在烏雲密布的天際潑灑開來逸入風中。

孝義總算甘願倒下。那一張血汙的臉，背對甲板朝向天空，露出幸福的笑容。

「小花……」

於是，福村的詛咒解除了。福村人臉上無光但慶幸地說：多虧那三個逃逸無蹤的擄鴿賊，好歹替咱們除去禍害。

然後，黑貓眞正成了一個傳說，一個眞正的傳說。這傳說允許每一張傳述的嘴任意編派場景，當然，最受歡迎的場景永遠是「雨中」。

鴿子飛翔的雨中。

父兮，So・還真

「主席你最近有沒有看到不該看到的東西？」「霹靂啊。」

半神半聖亦半仙，全儒全道是全賢。
腦中眞書藏萬卷，掌握文武半邊天。（註一）

主席中邪的傳聞在當天下午不脛而走。

據某大嘴巴隨扈向新聞界某媚功一流女記者透露，其實向以莊矜內斂著稱的主席夫人已爲了丈夫連日來的異常表現偷偷掉過幾次眼淚，偶爾步出官邸忘了戴上墨鏡的她，會不小心給他們瞧見煞白臉膛上那一雙不失靈秀卻明顯充血泛紅的眼睛。「夫人好！」有體恤者遞上紙巾但未被採用，聰明的隨扈領班立刻向同仁解釋那是因爲夫人恪遵禽流感防疫守則不隨意接觸來歷不明物事的緣故。

「我跟妳說妳別跟別人說是我說的要不然打死我我也不承認是我跟妳說的妳聽見我說的話了嗎？」大嘴巴隨扈緊張兮兮地對眼前濃妝豔抹、血紅豐唇邊一顆美人淡痣的女記者說，眼睛且盯咬住那淡痣：「最近他似乎有點老態，老態，妳聽懂我的意思嗎？這對一向標榜年輕活力的他來說是多麼嚴重的事啊！以前弟兄們最怕被分配到早班因爲一大早被挖起來陪跑三千公尺還得小心不能跑超過他……呃總之近日來弟兄們卻輕鬆許多了，因爲好幾天他都沒想晨跑。然後，然後他的氣色明顯變差了，看看那眼袋，還有那皺紋，啊，雖然我們是公事公辦，但相處久了也有感情哪，教人看了怪心疼的。我懷疑，這都跟他幾天來的失眠有關，對，失眠，據夜哨的說，官邸經常一夜燈火通明，只見他一個人在客廳走來走去喃喃自語，有一次夫人出來勸他進房還被叱喝呢。妳看，是不是有問題？這絕對不是單純的婚姻倦怠，妳也知道他們感情向來很好的，總之這其中必有古怪，我想，有可能──欸我跟妳說妳別跟別人說是我說的噢──我覺得，他是被不乾淨的東西纏上了！一定是的！我爸是廟裡做乩童的，他的說法不會錯……」

所以當天下午在運動中心，一票女記者蜂擁而上團團圍住不慎扭傷右腳的主席，嗲聲嗲氣問主席你現在心情如何主席你覺得痛不痛主席你能不能對鏡頭秀一下患部的時候，那位唇邊一顆美人痣的女記者突然冒出頭來問了一句讓在場同行傻眼的話：

「主席你最近有沒有看到不該看到的東西？」

稍後等黑頭車的車門關上，陪同的文宣部主委叨唸著其實有比強硬否認更妥適的應對方法，我們的年輕主席終於忍不住發作了：「現在的媒體眞的是不長眼！培養一堆沒大腦的菜鳥問那什麼狗屎問題！還有你們這些人沒辦法在第一時間幫我解圍只會事後放炮要你們何用！」罵完且縮脖子伸手揉揉開始發腫的腳踝，嘖嘖出聲。

「主席，眞是抱歉。」任勞任怨領人薪水的主委強嚥下一口鳥氣，鎭定地說：「我知道您最近趕場子站台輔選搞得很累，但是爲了本黨的前途著想，您千萬要忍耐啊，您也知道媒體的做法一向如此，怎麼說我們絕不能得罪他們，要不然……」

「好好好，我知道你的意思，我了解，現在你讓我靜一下，行嗎？」

主席洩了氣的皮球似地躺在小牛皮完美包覆的車椅上，孤寒目光穿透那一扇隨車子馳駛而光影流動的窗玻璃，仰望湛藍如黨徽的天空，看白雲舒卷如蓬蓬毫羽迤邐千里，心中忽生浮生若夢之感。

不禁蹙緊英氣的眉宇，想起了天上的父親。

「吾父，您在天堂的日子，可好？」地上車中的獨子在心底呼喚此前急病辭世的長者，心頭悲慟難以揮去，見雲霓間轉折跳躍的萬道金光仍無私灑落世間萬物，獨卻遺漏了失怙的他，更覺悽楚，遂將手指插入梳整抹油的頭髮，攪起黑浪一陣。

「主席，節哀。」眼尖的主委在一旁安慰。

他謙和地點點頭。克制情緒一向是他的長項，即便在父喪未久的此刻，憶起嚴父曩昔的諄諄庭訓，「九思立身」，他乃迅速收拾心情，重歸一黨之首的風範。然而他的眼神始終飄忽不定。這讓身爲幕僚的主委甚爲憂心，於是吩咐司機將車子開往市立醫院。

「做什麼？」他慌慌地問：「爲什麼去醫院？」

「您的臉色蒼白，腳又扭傷，最好給醫生看看。」

「我沒事。接下來還有不少行程得跑，這點小傷，無礙啦。」

「還是給林醫師檢查一下吧。」

「我自己的身體我最清楚，」他板起臉：「我們往下一個點去。」

主委嘆口氣，只好請司機放慢車速，盡量減少車廂裡的顛簸。「好。報告主席，下一個要去的地方是中和四號公園的政見發表……主席您怎麼了？」

主委睜大眼睛，瞅著把一雙手搭在車窗上，表情怪異的長官。

「看見了嗎，那邊，那個人影……」他把英俊的臉龐緊貼在窗玻璃上，秀挺的鼻子因而擠扭成一團肉球：「那個白頭髮的……」

主委伸長脖子朝外眺望：「沒有啊，哪邊？我只看見一根掛滿競選海報的電線桿。」

「就在那邊啊！」他瘋狂地吼著，擰拳敲打車窗：「停車！快停車！」

車上所有隨行人員頓時面面相覷，他們一頭霧水地看著莫名抓狂的主席，不知所措。還是老經驗的主委輕聲交代司機，要他把車就近停下。

「有狀況，Over。」押車的警備隊長用無線電通知前後車的同事，四輛轎車隨即呈一線暫泊在一捷運站外的洗石子三角路肩。魚貫下車之後，隨扈們有默契地排成一堵人牆企圖護住主席，但主委伸出蠟黃的大手一揮，「敏感時刻，莫招閒人耳目」，把傢伙們驅散了。於是身著一式衣裝的壯漢們紛紛佯裝無事路人甲乙丙丁戊，抓頭摸腮抬槓偷看逛街美眉或彎腰進行你丟我撿日行一善。

這一頭，年輕挺拔的主席站在街頭，前後左右茫然瞻顧著（像偶像劇的男主角鏡頭以之爲中心三百六十度快速迴轉跟拍的瀟灑帥勁），迷惘而脆弱的眼神，教過往路人——特別是女性市民——紛紛爲之心醉、心碎。這時從捷運站裡驀地湧出一群通勤女高中生，透發著興奮的尖哨馬上沖天飛起：「啊妳們看是□□□耶！」「對啊對啊是□□□大家快來看！」「□□簽名！」「□□□我們愛你！」

貼身護駕的主委露出尷尬笑容，急中生智大聲向眾人喊道：「主席來視察捷運安全，請大家多多配合，要遵守乘車規則唷！」然後對著滿頭大汗匆匆趕至的站長交頭接耳一番，「沒事沒事，你繼續忙去」，唬弄打發人走。

「奇怪，我明明看到他，怎麼一溜煙就不見了？」主席仍然在空氣中漫無目的尋找著，那失魂落魄的樣子，教杵在一旁的主委好生焦急。「主席，您是不是太累了？要不要我打電話給競選總部，說您臨時有事不能出席？」

「也好，也好。」一臉憔悴地坐進車內，整個人宛如虛脫了一般，倒在椅背上。

「那麼，是要回黨部，回市府，還是？」

「我要，回家……」

主委乍聞對方懊喪若賭氣彆扭之童腔，背脊忽起一陣萬蟻鑽爬的痲悚，他仔細觀察掩面垂首的長官，那無法言說的怪誕詭譎，雖烈日當空也讓他飆出一頭冷汗湫湫。

「好，好，咱們回家去。」

就這樣，一行人浩浩蕩蕩，在市區繞轉回頭，將精神不濟的主席送回官邸，交給主席夫人。

「夫人，主席他有點……好像……」

「我知道，謝謝你們送他回來。」主席夫人點點頭，用那雙躲在墨鏡後頭的淒涼眼神，以及漫長的沉默，送客。臨別前且特地交代：「今日之事，主委您該曉得怎麼發落吧？」

「當然當然，這是我的專長，夫人您就請放寬心吧。」

碰碰碰碰，車門次第摔上，一行人又浩浩蕩蕩，呼嘯離去。

輕輕闔上宅門，主席夫人轉身望見仰躺沙發、面朝天花板發呆的丈夫，禁不住又紅了眼眶。

隔天，台灣公開發行的每一份報紙上，並未出現任何類似「黨主席被不乾淨的東西纏上」的字眼。各報以超越現任總統「希望拖車」的大篇幅報導年輕的主席在運動中心扭傷腳的不幸，電子媒體則爭相播出此位特殊傷患的面部特寫，務必將其痛苦神情傳達到每一位觀眾的眼前。至於網路電子報的熱門新聞排行，主席傷腳的新聞亦老半天高居點閱榜首不退，直至晚間新聞上檔，才被嘻哈小天王與美女主播的緋聞擠下。

不用說，文宣部主委居功厥偉。他費盡唇舌好說歹說，又以另一則選戰小內幕當交換條件，方買通了那位美人痣女記，讓主席「被不乾淨的東西纏上」的流言總算胎死腹中。不過，他對主席的異常著實感到憂心忡忡。年底的一場硬仗，全黨同志無不仰望魅力驚人的黨主席大力加持，期望至少能搶下七成席位好一吐積了五年的冤氣，這種節骨眼兒，主席怎麼能出岔子！——想到這兒，主委一顆心懸宕著，飯也吃不下，覺也睡不好，他擔心盤勢再不守穩，不但他篤定要丟飯碗，整個黨的前途也要賠進去，屆時如何對得起千千萬萬的台灣同胞呢（原諒他主委的職業病又犯了）？

「不行，得想辦法危機處理了。」主委拉拉鬆垮的褲帶，毅然決然地說。

很快地，大概是在三天之後，主委祕密召集黨內一干大老於某五星級飯店的深處會商（當然，那位前副主席不小心被遺漏在與會名單之外），企求集思廣益，能夠尋出一個幫助主席回歸正常的方法。

「找一個腦科大夫詳細檢查看看。」大老一說。

「看過了，說除了輕微的神經衰弱之外，一切正常。」

「或許中醫的針灸有效。」大老二說。

「針過了，沒用。」

「那麼，心理醫師怎麼說？」大老三問。

「主席的心理很正常，甚至比一般人健康，醫生說的。」

「有了。」半晌悶不吭聲、因遭爆料沉迷內政部未登記核可教派而黯然去職的前局長大老四，突然啓口：「要不要試試看，找一位師父幫主席收收驚？」

於是大嘴巴隨扈又上場了。那一天，他神神祕祕領著父親推薦的一位據說法力高超同時深諳隱私權之重要因而幫諸多名人料理過棘手事的所謂大師進入戒備森嚴的官邸，他的隊長不無嫉妒地在官邸門口狠酸他一陣，「哎唷我也好希望自己有一個乩童父親呵」，然後忿忿放行（爲了上回的部屬洩密事件被狠刮一頓，餘恨未消，故從此對下級愈發苛酷，並發誓找出那個大嘴巴的傢伙），兩人一踏過那座玄關，大師猛然一個馬步，右手劍指左手蓮花指，吊稍眼朝西南方激射出兩道肅殺寒光，高聲唱道：「哎呀呀，不妙，不妙，不妙啊。」

「怎麼個不妙法？」等在客廳的主委用手帕擦拭額上的汗，緊張地問。

大師卻不立刻回答，只閉緊雙目，口中念念有詞，在場眾人屏息以待半天，慢慢地，大師收神吐納，重新睜開眼睛，說：「貴宅，隱約有股陰氣。」

「陰氣!?」主席夫人與主委異口同聲叫了出來。

「是的。在下修練多年的靈感力，可以察覺方圓一里內的磁場靈動，剛剛走進貴宅，我便感到有一股凝重的陰冷直竄體內，我想，該是有個靈在此地徘徊。」

「靈!?」主席夫人與主委再次異口同聲。向來天不怕地不怕鬼最怕的大嘴巴隨扈立刻睜著恐怖的眸子東張西望起來。

「不過，你們也先別驚慌，靈分善惡，就像人分好種壞蛋一樣。剛才我用法眼觀過，此靈呈柔和白光，是屬善者，假如處理得當，無有害人之虞。」

「那，要怎麼處理的好？」主委急問。

「這……」那淨白的佛手掐指算著，模樣像極椿腳討價所以主委一看便了，向侍從使了個眼色，拿過來好大一紅包塞在那朝天掌心上。

「貪財貪財。」大師笑吟吟地將紅包以無比的熟練納入鼠色長袍的暗袋，又撫撫道具也似的下巴銀髯，正色道：「所謂知己知彼，百戰百勝，這處理的第一步，當是找出此靈的來頭。」拿出一個外鑲金線八卦的錦囊，問主席夫人：「先生現在何方？」

「在書房。」

「可否帶在下前去瞧瞧？」

「請。」

還未到書房，大師隔著房門一呎之遙，又蹲馬步右手劍指左手蓮花指吊稍眼朝正前方激射出兩道肅殺寒光，低聲說：「就是這兒，就是這兒。」

開了門，見年輕主席腰枝豎直雙手僵如鐵棍，同手同腳在室中踢著正步，大嘴巴隨扈噗哧一聲笑出，主席夫人梨花帶淚飲泣不止，主委則如喪考妣地發出哀嚎：「怎……怎麼會這樣？」

「什麼怎樣？」主席轉頭看著一幫人，表情鎮定地。那高大的身軀就定格在右手右腳右半邊身子懸空的詭異姿勢。

「主席先生，」稍後，蓄著銀髯的大師面對鬚髭凌亂的黨魁坐著，一手執著從錦囊裡取出的硃砂筆，一手按著宣紙紙面，恭敬地說：「現在，請您描述最近看到的那個人影，越詳細越好，這樣我才能助您早日掙脫魔障。」

「那個人……」主席頓時陷入一種恍神的狀態。「一頭雪白長髮……頭簪一朵金葉紫蓮……面如凝脂，白眉飛揚……印堂中，一顆硃砂紅痣將燦亮雙眸襯托得如仙似聖……」

嗯嗯嗯大師一邊聆聽一邊吟哦有聲搖頭晃腦振筆急繪。

「身穿銀綰藍襟白布衣，手執拂塵，背後，似乎負了一把長劍……」

須臾，遊靈寫眞依稀成形，大師意氣風發地吆喝一聲：「這就是他的長相！主席，咱們逮住他了！」

在場三人連忙探頭一看。

「這是？」主席夫人疑而嘆之。

「這是!?」主委驚而吠之。

「哇哈哈這不是，」大嘴巴隨扈爆樂而噴沫之，咧其大嘴笑岔了氣，「這不是，這不是，這不是……」

「這不是誰啦!?」主委怒而拍桌，但驚覺拍的是主席家的桌子而猛吐了一下舌頭。

「這不是，」大嘴巴隨扈使盡吃奶力氣將梗在喉頭的唾沫囫圇嚥下，像絕命前的最後一呼：「清香白蓮素還眞——嘛！」

※

○○黨人□□□之AB祕密檔案（部分節錄）

余誓以至誠。本調查報告係對本黨黨員□□□之眞實記錄，若有虛僞造假、敷衍疏漏之情事，願接受本黨黨紀最嚴厲之處分。

查　□□□，黨證字號------，爲第×任黨主席，確有下列事蹟：

中華民國○年○月○日至○年○月○日，銜職第×屆縣市長暨縣市議員選舉輔選期間，曾出現心因性精神耗弱併發妄想症候群，疑因性格不耐外界低級攻擊之瑕疵（檢附國立××醫院精神科主治醫師診斷報告一式五份），受敵黨本土牌選舉戰略影響，不幸肇發嚴重之身心病癥（心理投射對象經證實爲本土金光布袋戲「霹靂系列」主角「素還眞」），致本黨競逐中華民國第×屆縣市長暨縣市議員選舉布局大亂，特此記錄，以定歷史責任歸屬，並留與吾黨後人評價……（以下略）

※

初始，一片矇昧。

像巨鯨沉入深藍海底高壓包覆的悶窒靜謐。完全之黑，如無塵墓穴底層骨肉蝕盡連蟲蛆亦死絕了渙散了生命顏色的荒寒蕪涼。

而後猝然有光。像脫隊駝鈴於冷月下的返照，以一點稍縱即逝的星火姿態穿越夜色籠罩死寂大漠搖擺晃顫飄撲過來。

遂出聲呼喚。

「父親，父親，是您嗎？」

〈細微如蚊的聲音：吾兒〉

「父親，您在哪裡？」

〈我在這裡〉

「恕兒眼拙，請現身讓孩兒看看您吧。」

〈我在這裡〉

「父親，我看不見您。」

〈吾兒，睜開你的眼睛〉

「我已經睜開眼睛了呀。」

〈不，你沒有〉

「我確實已經睜開眼睛了呀。」

〈不，你還沒有〉

「該死我確實已經睜開眼睛了呀！」

〈……〉

「父親，父親您別離開我，對不起您別離開我啊別離開我別離開我別離開呀呀呀呀……」

霍地睜開溽熱如徹底吮舔之芒果核的眼瞼。率先映入眼簾的，是一張熟悉的女子的臉。妻的臉。那線條俐落的長臉柔了焦似的晃漾在洸洸水霧之中，悒鬱著。

「是作噩夢了？」

「我，我好像看見爸。」

年輕主席楞楞從床上坐起，雙眼凝望暗影浮動的窗外，彷彿不信方才是夢。

「是夢見他吧。」他的妻說，用被窩暖出來的自己的手覆住他的。

「不，是真的看見他。」他說，又慚愧地改口：「其實也不算，因為我到底沒瞧見他……」

他的妻輕嘆口氣。「快睡吧。明天你還有得忙。」

「我覺得，老人家好像有話對我說。」

「不就是夢嘛。怎麼搞的，你最近眞的很奇怪，變得不像我認識的你了。」

「妳——唉……」

恪遵愛妻守則的他，搖搖頭，將漫到齒頰間的氣話又呑進肚裡去。掀棉被，下床。

「喂，不睡想幹嘛呀！你又要去弄那塊木頭!?」

不理妻的怨懟喚叫，他還是背著窗外灑落的清冷月光，走出臥房。

把書房的門鎖上。現在，只他一人獨對滿室書冊與搔鼻書香了，不開燈，恍惚又回到那黑色的夢中。記得父親生前在這裡發生過的點滴，兒子首先伸出指掌摩挲書桌上那只爬著一道裂痕的玉文鎭。因而想起那老人的硬頸。文鎭會裂，都是父親的緣故。當初決定角逐黨主席，是老人家的堅持給予臨門一腳，然而競選活動如火如荼進行到了一半，一生忠黨愛國的老黨員卻又擔心兒子才學不足無能肩擔重任，竟又對外發言勸阻，父子倆遂在家中爭執起來，也就是那個時候，脾氣火爆的老人抓起桌上的文鎭就摔，當下將文鎭摔成了兩半。「告訴你，咱家丟不起這個臉！」且如此憤怒咆哮。可過了幾天，老人家躲在廁所偷將文鎭用快乾膠黏合了，意思是，兒子畢竟是我生所以我知其斤兩，而國難當前，豈可冷眼自外焉？又傾全力支持兒子出馬將黨主席的大位拿下，「天將降大任於斯人也，必先苦其心志！」訓誡再三。

就是這樣剛烈的父親。

「可是，如今您去了，教兒找誰當心靈導師呢？」如願勝選的兒子，此刻唯能對著沁冷的空氣悲鳴了。

「男子漢哭什麼！」

突然間，一個粗啞但清晰的聲音在暗處響起。主席用眼眶啣住將落不落的淚珠，抬頭，張大了嘴。

「誰!?」

「不孝子，老子才走尚不盈月，你連我的聲音都不記得了？」

「是……是爸!!?」主席驚恐地往後跳了一步。

接下來發生的事，該是身為一黨之尊的他，永遠料想不到的。

但見，皎潔月光下，一個黑影蠢蠢欲動，從影子的反方向望過去，竟然，那尊布袋戲偶，就從架子上瀟灑地走了下來。

「素還眞」竟然活起來了！

「爸你別嚇我呀！」主席哀慘地發出極娘的叫聲，心中翻湧起無限懊悔，他想，千不該萬不該，不該讓宣傳部主委眞的去買了一尊戲偶，誠如主委所言，不過是在戲碼開演前隨便要弄個幾下意思意思罷了，「主席何必這麼認眞咧」，忘不了那張扁臉露出的彷彿遇見一個瘋子的表情。

現在該往西天享福去的父親卻借殼還魂了啊啊啊該怎麼辦怎麼辦……

「傻兒子，我故意擠進這木頭殼就是不想嚇著你，懂不懂啊？」那覆著白衣的偶身往前往後扭了扭：「呔，這裡邊眞的怪窄，挺不舒服，你知道老子高頭大馬的……」

「爸，眞的是你！」主席抹去臉上的淚，終於鼓起勇氣接受了這樣驚人的事實。當下屈膝一跪，叫爹。

「咳，好了好了，沒時間搞這些禮數，咱們還有很多事得做。」偶臉上那兩片充當嘴唇的機關啊巴啊巴動了動，算是講話。

「什麼事？」

「就是把這戲偶練熟呀。」

「爸您也知道我下週末的行程？」

「廢話！人死了就這點好處，耳朵忽然就不背了。」那根拂塵朝天一揮，酷的。

「爸，沒用的。就算我把他們喜愛的戲偶練熟，練精了，他們也不會感動的。在他們眼裡，我永遠是個外省掛啊。」

「講混話！」那兩顆木目珠倏地大睜，幾乎要讓固定的螺絲絞斷：「看看我這身木頭尪仔！按你的說法，素還眞一定得人肉做的才能紅囉？是這樣嗎？人們風靡這身木頭尪仔，不會因爲『他』不是眞人而排擠『他』，換句話說，血統不重要，精神才是。」停頓處，擺擺飄逸的雪色衣袖：「反過來想，就算是個鬼，躲在這素還眞的身體裡邊也能成佛成聖、呼風喚雨，那一幫老把愛台灣掛嘴上的傢伙不是早早這麼幹的，想必你也不陌生。」

「父親說的極是！」瞬間，黨主席的神采又回來了。

「所以，要聽話。如果你想打入他們的圈圈，務必將他們摸熟，摸個徹底。首先，就從本土的招牌戲下手。」

「可是爸，您老對湖南花鼓嫻熟，這我是了解的，可沒聽說過您也懂台灣掌中戲？」

「哈哈哈。人死還有一個好處，那就是飛天遁地無所不至。告訴你，田都元帥與西秦王爺那邊，我早已去拜過碼頭，交過束脩啦。有道是：『一語道出千古事，十指搬弄百萬兵』，俺將那霹靂劇團成千上百個角色當著祖師爺們的面演練一回，都說不是老戲癡挑不出毛病了，所以好兒子，你就放百八個心，努力跟我學，懂得？」

「懂。」主席萬分感激地望著縮小版的父親，語帶哽咽地說：「原來我最近看到的白影子都是您，是您放不下兒子我，不忍歸去，是嗎？」

「所以我剛剛才說你睁眼瞎，都站在你面前了還說看不見，不是閉著眼睛難道瞎了嗎？」究竟是一日嚴父終生嚴父，臨到天人好不容易重逢時，依然是萬般慈愛擺心中。「是上天憐你疼你，讓你抽中了籤王扮主角，說，你扮的是誰來著？」

「素……還眞。」

「大聲點，沒吃飯嘛。」

「素還真！我是素還真！」吶喊著，那俊秀的臉龐又淌下了淚。長成七呎之軀的漢家子弟，終於激動的哭了。

像回到遙遠的兒時舊日，他顫著步子，慢慢走向自己淚眼中那具浴著月光宛如神仙的戲偶，他的亡父。

然後出場的日子終於來臨。

就在戲團團主接獲通知，說預定聯合演出暖場的幾位政要皆爲了黨內選舉事而不克出席，正苦惱當中，那一個高大的身影伴著一個敦厚溫文的聲音出現了。

「讓我來吧。」外省口音的台語，充滿自信。

「主席，您的意思是，要一人飾多角!?」團長難掩臉上不可思議、又有點懷疑的神情。

「試一試哩便知道咯。」一開口，竟是無鼻仔丑角「秦假仙」。

「霹靂啊。」團長與一干團員紛紛豎起大拇指，看著那寬大的背影沒入舞台布幔之後。

現在，黨史上最年輕的主席，台下千百觀眾眼中的外來客，一手素還眞一手葉小釵，在步上那座本土大舞台之前，最後一次祈禱，向天上的父。

「吾父，感謝您生我育我，感謝您教我許多道理，而今，沒有您的嚴格要求，我如何能打破格局，預先經歷過每一角色的甘苦，在所有人都放棄的時候，毅然挑起重擔，一肩扛？吾父，請賜與我信心。吾父，請賜與我力量。兒定全力以赴，演好這一場戲！」

鑼鼓聲喧鬧地響起了。

而當舞台布幔緩緩上升，輝煌耀眼萬道金光千條瑞氣暨如雷掌聲衝向天際的時刻，像宇宙洪荒最神祕最神聖處傳來一個寂寞滄桑的聲音，悠悠吟唱：

吾生愛大俠，慷慨報國仇。
國仇今未報，男兒死不休。
荊軻挾匕首，隻身虎狼投。
子房潛博浪，誓殺祖龍頭。
曹沫聶政輩，大勇亦足儔。
片言相契合，便請肝膽酬。
俠風日鼓吹，義氣薄九州。
及至東西漢，士節尚剛遒。
朱雲請長劍，季布怒橫矛。
誅奸絕君惡，征虜出邊陬。
黃金何足貴，談笑輕王侯。

此時國亦強，綱紀尚飭修。
如何千年後，俠風渺悠悠。
君威愈專制，民權愈馴柔。
國權愈削弱，志士愈難求。
朝廷不知小，衣冠坐沐猴。
國民不知恥，淪隱狎沙鷗。
痛哭黃帝子，噭噭盡楚囚。
俠風今未泯，請君一展眸。
君看東海上，尊攘遍道周。
烈烈武士道，櫻花鑄吳鉤。
又觀鄂羅士，虛無黨難收。
飲刃殪民賊，流血求自由。
君居中華國，豈無大俠遊？
黃河日東下，烽煙迫斗牛。
胡不棄卻慮，從我上酒樓。

四顧風雲急，蒼茫天地秋。
莫説江山好，有國無人謀。
贈君一神劍，爲君一狂謳。
願君學大俠，慷慨報國仇。

（註二）

註一：「清香白蓮」素還真出場口白。

註二：連横〈招俠〉，《劍花室詩集》。

焚屍男愛物語

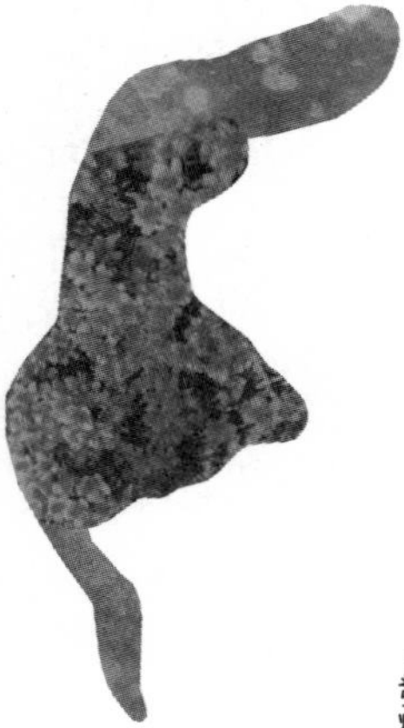

「發瘋。戀人的腦子裡忽然掠過這樣的念頭：他發瘋了。」

最怕的是，這時候她突然醒過來，仰望星辰許著一個未了心願似的，睜眼看著他被一片孤冷黑夜籠罩的臉，爲著他已將她肉體至美之處悉數摸索並永遠記錄下來，這恩典，要在兩人訣別之前用末世的最後一瞥作爲報答：「陌生人，謝謝你」——如此難以推辭的客套。

然而從未發生。

這並不是說那些亡者皆已失去活動能力的緣故，或死靈魂基於對生者的嫉妒而吝於表達謝忱，事實上他隔著那些被子孫釘牢牢封鎖的厚實棺木，壓根看不見裡頭那些屍首的表情。所以幸好，他不必懷帶那種專門發明出來爲了活人需要，在死亡世界卻屬絕對冗贅的虛情假意，在這個陌生女人被攝氏千度高溫焚燒殆盡之前，使用他太久沒使用因而極生疏的溫暖語氣，對她說聲「別客氣」，這般尷尬無聊。

甚至可能，人家並不特別感到愉悅。那樣完美無瑕，即便失去生物反應亦是一件絕美藝術品的女體，他以數小時的時間將之徹底清洗並謹慎上妝，期間他陌生男人的手在那泡了溫水稍稍還原了柔軟度的女性白皙肌膚上恣意地觸摸、翻弄，之後還以畫家的堅持將那細長優雅的肢體擺布成切題的姿勢，執起畫筆畫了，若不滿意還要三番兩次粗魯無禮地調動人家，他想換作是自己的話，一定氣得從那世界奔回來，然後對這個畫藝不怎麼樣的傢伙破口大罵吧。

無論如何，他永遠不必承受這些。他按照作業標準流程，將手中造價昂貴的蠟黃色棺緩緩推入焚屍爐那張貪得無饜的飢渴的大嘴，看那金屬嘴巴又含進了食物而滿意地闔上，接著他轉頭對主持祭儀的法師說「要燒了」，聽完一式黑衣的喪家們對死去親人最後數遍的呼喚（哀痛悲悽的「您一路好走」之類的話），毅然按下那個黏附著頑垢的老舊開關，像港口船舶開拔的氣笛聲乍然鳴啼，一陣機器的隆隆巨響，如鬼神嚎叫哭喊的萬瓦超高溫火焰瘋狂熾烈的在爐中無情噴燃焚燒，不多時，冷冽空氣中立刻添了一些人肉焦味與潮濕霧氣，他知道，他的模特兒，昨晚還在他眼前百分百配合著擺出各種姿儀供他描摹的陌生女人，就此人間蒸發，化作一縷青煙加入大化場屋頂那根巨大煙囪終年不絕的白色氤氳裡去了。就這樣，他又完成一件工作。而後面仍然有相同的工作等待著他去完成。因為他是一位合格的殯儀館工作人員，他的收入仰賴其穩定的工作品質，也就是保證每一具遺體被確實火化，最後剩出來一點白稀的骨灰能夠順利裝進未亡人準備的骨灰罈裡，他可以想像骨灰罈最後會被如何地供奉起來但他往往不會去想像，當他如常地站在殯儀館的焚屍爐前面，他就是一個站在別人生命終點與死亡起點的界線上的焚屍男，任你是貴為一國之君或低賤的路倒無名屍，萬人崇敬的教祖抑或是罪無可赦的槍擊要犯，焚屍男要做的唯一一件事就是按下開關將你送走，最後於工作紀錄簿上添一筆業績，從而獲得餬口果腹的薪餉，繼續活下去，繼續焚燒下一具屍體。

就是這麼一個仰賴他人的死亡以求活命的人，待在殯儀館的時間久了，對生命這回事，也就有了與眾不同的看法。不過較多時候他是緘默的，既沒人問他也就樂得不說，這或多或少與他的職業有關，就好像原本親密無比的人在你斷氣的那一刻馬上將你視作不祥、汙穢且帶了病菌般的恐怖物體，與此相繫的一切物事，小從裹屍的布巾，大至整座殯儀館火葬場及方圓不知幾里內反正鬼故事皆喜引用的地域暨居民，全神祕地染上了一種名喚「禁忌」的病毒，不好言說，言說則恐中了毒的可怕，總之任何人只要聽到自介說是在殯儀館謀職的，無不臉露怪異表情（譬如眉頭深鎖或牙關緊咬導致的兩腮聳動），原本貼近的身體往後退，連張嘴多說一句話的勇氣也要積攢半天，像這樣，漸漸地殯儀館雇員們覺得自己愈來愈習於沉默，似乎也就應驗了人們所傳言的，待在「那種地方」幹活的，其人必也冷酷孤僻，才能夠與那些冰涼的東西長時間相處在一起。所以是人們搞錯了因果順序？可他不願意浪費時間在這種無益的問題上。因爲他較同事們還多了一點困難，在人際這方面。

他忘了多少人向自己推薦過整形名醫，不過他記得他們說著那些話時的一號表情，好像站在他們眼前、左臉頰上一道蜈蚣疤痕爬過的男子，注定要爲了他兒時一場車禍留下的痕跡而辛苦地活著，如果不想辦法把那痕跡抹除的話。他當然沒有一次聽從這些人的意見。所以每天早晨起床盥洗，在浴室鏡子裡又瞧見那一張被疤痕分割成兩半的臉，他會自我解嘲地對那張臉說，恭喜你還活著。

「記得以前看過一本漫畫，叫『怪醫秦博士』的……」

昨晚，他一如往常躲在大體美容室偷偷幫那個美麗的往生者作畫時，突然聊起來：「我想說的是，唸高中時有個女生說我很像那個主角，她意思是兩個人臉上都有疤，而且都酷酷的不愛說話，現在想起來，倒眞的蠻符合的。不過妳也清楚，秦博士和我，是站在截然相反的位置……」

〈他爲生者，你爲亡者？〉

「沒錯啊。但其實又有何差別，人難免一死。醫生讓人們延長生命，說穿了只是讓他們有更多機會製造死亡罷了，不管是自己的死亡或他人的死亡。這最後的勝利，總是屬於死神，屬於我們這一邊。」

〈然而，多活一天，也就多一點希望。〉

「妳是說，以爲別人會忘了我臉上的疤？」

〈我是說，那個喊你秦博士的女孩。〉

「她呀，畢業之後就全家搬去美國了。」

〈你可以去找她。〉

「找她做什麼？」

〈我猜你偷偷喜歡著她。〉

「噢，死人不懂活人的心，妳猜錯了。」

〈你活著，但你確定自己的心還活著？〉

「開玩笑，我的心當然……」

他把萍水相逢的她的身體推進焚化爐裡的那一刻，心裡還老實想著這個懸而未解的問題。

他一度認爲這個空有美豔外貌的女人缺乏嚴謹的邏輯推理能力，試想如若他的心眞的死了，她以亡靈的稟賦眞的猜中他的心底事，亦即這麼多年來他仍癡戀著少年時期那一位有著溫婉性格與陽光笑靨的女孩，但一顆死去的心有能力去愛嗎？所謂的死，是指一切走到了終點，沒有下文，也沒有再搏一局的希望，正如她先前敘述「多活一天，也就多一點希望」的反義，人一旦死了，也就什麼希望都沒了，沒有希望的愛，如何成其「愛」的意義呢？

然而他聽著爐內她的肉身一點一滴融化消解的聲音，曾經是那麼美好的存有卻轉瞬成空，他又想到，與一個鬼魂計較科學的邏輯推理，又何啻是件荒謬可笑的事。脫離如枷鎖的肉身羈絆，也許這女子的意志已可以輕易感悟到超乎邏輯、潛藏在表面以下的東西，這東西凌駕世俗的所有認識系統，事實上構成了宇宙間另一個更高層次的邏輯——譬如，她的意志在死後繼續存在——他據以對抗的邏輯法則霎時被瓦解了，試想如若死亡並未如想像中那樣徹底終結一個人，那麼，心死了是否也不代表不能繼續去愛呢？

他突然有種茅塞頓開的感覺，但這感覺僅維持了短短的數秒。看著那群戴著墨鏡、身著黑西裝，顯然大有來頭（或者乾脆說白他們就是黑社會人士）的男人，尤其是站在排頭那位面色慘白，簡直像戴了一張撲克面具的魁梧漢子（亡者的丈夫？），那臉上與其渾身殺氣絕不相容的哀慘淚水，他忽然意識到，自己是被棺中女子生前注定與紅塵糾纏不清的姣好肉身所惑，當自己一筆一劃勾勒著黑社會頭子用他人鮮血灌溉、那年輕女性消耗大量不義之財滋養出的健美曲線，遂不由自主萌生了「她一定捨不得結束這美麗人生」的想法，於是幻化出一個積極求生的魂靈，百般勸慰著已然心死的自己——「竟然還把我自己辯倒了呢」，轉頭看見倒映在焚屍爐燦亮金屬表面，爬著一尾蜈蚣疤痕的臉，他自己的臉，不禁啞然失笑。

這就是他焚屍男，鬼見愁的人際障礙。

他從大化場走回拆了大半的公祭會場。迎面而來那個哀樂團裡吹笛的女孩。他看見她脖子上仍然圈著那一條粉紅色的，與喪禮黯淡氣氛純黑傳統相衝突的針織圍巾，並且因爲同行的另一位女孩說了什麼而忍不住清朗發笑。他心裡想：不是死了人嗎？她怎麼能笑得這麼自然，笑得這麼開心？難道，她天生就是殘忍，就是寡情？

這時候女孩也看見他了。他發現那雙秀氣的小眼睛快速眨了兩下，那兩顆黑黝的小眼珠子像被擊撞的彈子倏地從這邊溜到那邊，掉轉視線避開了迎面而來的他。

然後，很有趣的，在兩人錯身的時刻，他不客氣地盯著她光滑的側臉時，他看見女孩像要爲自己無禮的反應而歉疚而彌補似的，又把兩顆黑眼珠子溜過來，衝這個臉上帶疤的工作人員覷了幾下——這麼一來兩人的視線便撞在一起，他發現，那雙小眼睛竟然盈著笑意。

都是六十八號害的，他想。（六十八號，那個黑社會頭子的女人在大化場的臨時代號，

燒化的順序。〉

然而當天傍晚收工回到那一間頂樓加蓋的違章宿舍，他面對敞開而能俯瞰半個新店溪流域的窗子坐在桌前，腦海裡依然揮不去那條粉紅色圍巾，還有那雙微笑的小眼睛。桌面上依然擱著六十八號（他當然能打探到往生者的名字，然而他從不這麼做，就像捐精者避免知曉受贈者的身分那樣，以防兩方的命運纏祟在一起，所以寧取冰冷、空洞的編號）弓背縮腹雙臂合抱雙膝併攏宛如胎兒的姿勢，裸體的素描，被畫的景物已然灰飛煙滅永遠不在了，這張以鉛筆勾勒的速寫於是獲得了紀念物的意義。不過之於畫作的創造者，他，其實並不是想紀念什麼。他現在突然意會到，當初開始在屍體沐浴上妝的空檔偷偷描繪他們，並非爲圖免費的模特兒這麼單純，很有可能，是自己太過寂寞的緣故。

寂寞，想要有個談話對象的不滿足狀態。

「看著你們的畫像，好像永遠能聊聊天似的。」

〈爲什麼不乾脆用相機拍下來？〉

「那樣有點不禮貌，或者說，不夠誠意。我總是要先付出一點心力讓你們了解，我是動機強烈地想把你們留下。」

〈好，我留下來了。那麼，你想聊什麼？〉

「聊，聊聊妳。」

〈聊我？我看是聊那個女孩兒吧。〉

「咱們就別再提她了。我說她現在人在美國，說不定結婚了，說不定有小孩了。」

〈誰跟你提她來著？我是說粉紅圍巾的那個，小眼睛的那個。〉

「服了妳了。你們鬼魂眞是厲害。」

〈可是對不起，現在我沒辦法跟你聊她。〉

「爲什麼？」

〈這是天命。天命教我不能現在跟你提，很抱歉。〉

「甚麼是天命？」

〈天命啊，說來複雜，恐怕一時間沒辦法跟你解釋清楚。但你只要記得，上天會讓該發生的事情發生，這就夠了。〉

「有點詭辯的味道。」

〈也許吧。如果一個人很容易就猜到他的未來，這樣的未來就不會是他眞正的未來，因爲他會幹點什麼事改變這個未來，所以老天爺故意把天命弄得很玄，不是毫無道理。〉

「這跟孫鈺蕙有什麼關係？」

〈很好，你往你的天命靠近了些，至少你已經知道她的名字。而當一個男人知道一個女人的名字，也許他們就會戀愛，結婚，生子。〉

「能不能多告訴我一點？」

〈接納你自己。相信你自己。老天，我只能說這麼多了。〉

「爲什麼妳要對我這麼慷慨？我把妳燒了啊。」

〈因爲你做的是積陰德的善事，何況你已經付出應付的代價了。〉

「妳會在我身邊待多久？」

〈天命。〉

此時，門外忽然響起一陣急促的腳步聲。有人敲門，他把桌上的素描收進底層抽屜鎖起來，然後開了門。

「哥。」

每回他看見這個孿生弟弟，總有一種光陰倒流的錯覺。一來他會幻想見到還未發生那場慘劇之前，擁有一張完好面貌的正常的自己；二來則是這樣的自己，在那場慘劇之後，總要等到遇上了困難才曉得要闖進他的幽黯國度，伸手求援。

「哥，借我錢。」

他總是先看到那一隻伸長的手。抬頭，再看見那一張熟悉無比的臉孔，掛著一副熟悉無比的冷淡的笑。他看著這個晚他五分鐘出世而注定一輩子受人照顧的弟弟，說：「又要借？你不是在上班嗎？」

「就是爲了工作嘛。」那張同一模子翻出來的臉孔糾結著：「我需要錢才能做下去。」

「什麼工作要員工自己掏錢？」他問，但心底已有譜。

「就是，哎喲就是推銷商品，公司說業務員自己買也算業績，升主任之後，佣金抽得更多，所以你先讓我週轉一下，等退佣了我會把錢還你的。」

「是直銷？賣靈骨塔的？」

「你怎麼知道？」弟弟睜大眼睛說：「對啊，我們是推銷寶塔的。」

「你白癡啊，他們就是用這招騙錢的，還不懂？」

「不會吧，我看過他們的營業登記證，公司沒問題的。你不要以爲你弟眞這麼笨好嘛。」

「證件可以僞造，你沒看新聞？現在這種空殼公司多得很，被騙的人哪個不是自以爲聰明？我看你還是換個工作吧。」

「拜託，我好不容易才找到工作啊！」那眼神更冷了：「要借不借，不要跟我囉唆這麼多。」

「如果不借呢？」

「那我就去辦現金卡，去地下錢莊借，反正一定得搞到錢。」

這時候，窗外忽傳進來一陣汽車喇叭的噪響。有個女人大聲地喚叫著他弟弟的名。「誰啊？」他問，走到窗邊探頭看，樓下一輛敞篷跑車坐著一個年輕女子，正抬頭往樓上張望。

「靠，你在生孩子啊，還不快點下來在幹嘛！」

「我是他哥！」他揮拳對著底下那一頭金髮吼道：「媽的妳給我放尊重點！」

「喂你幹嘛罵她啊，她是我馬子耶！」弟弟扯著他的手臂嚷著：「當哥就了不起啊，你不過早我五分鐘出來……」

他高舉著拳，另一手揪住弟弟的衣襟，憤怒地瞪著。

「你想打我？打啊，打啊。」

「你以為爸媽寵你，我就不敢動手？」

「好，你踐，今天我不過來找你借點錢，被你打我也認了！」

他嘆了口氣，把拳頭放下。樓下那個女人依然不斷地按著喇叭。

「說吧，要多少。」

他的孿生弟弟從他手上拿走錢，頭也不回地離開了。他站在窗台邊望著那輛肯定借貸買來的新車漸行漸遠，最後拐個彎消失在城市迷宮的某個角落，心頭猛一股淒涼漫上來，再無法蒸乾似地就浸在那兒。

「對，不過早你五分鐘出來，就要借你錢，就要幫你收拾犯下的一切過錯，我這個哥哥，還真是好當啊。」他對著那拂面的冷風喃喃著，不知說給誰聽。

像這樣，他那不成材的孿生弟弟找他擦屁股收拾殘局的情況，發生不知幾回了，然而他住在南部鄉下的父母親依然相信，這個弟弟才是傳家的希望。但他不想埋怨他們。正如他已接受命運作用在他臉上的，他決定概括接受這後續連動的一切，假如這個弟弟還能讓日益老邁的父母心存一點希望，他願意用自己卑微的力量，守護這一點希望。更何況，他也曾經想過，或許是自己的表現一向消極吧，爲著臉上的疤，放棄了人生諸多機會，遂教父母漸漸對自己失去信心，於是轉而把所有希望放在次子的身上，過分溺愛且過分期待的結果，弟弟終於承受不住這雙份的擔子，崩潰了。對這樣可憐的弟弟，他這個當哥哥的，還能如何去要求，去怨恨呢。

所以他把孿生弟弟視爲這人間的正版，至於他自己，一個連副本都算不上的報廢品。

然而這個報廢品回到書桌前做的第一件事，卻是把那本羅蘭巴特的《戀人絮語》打開，繼續未讀完的章節。要說的是，除了鉛筆畫，這個人際關係封閉的殯儀館焚屍男尚有另一個嗜好，也就是閱讀，這世上其他內向心靈自然而然會鍾情的一項活動。閱讀的好處很多。有些人閱讀是爲了充實自我，有些人閱讀是爲了取悅他人，有些人閱讀是混口飯吃，有些人閱讀呢，卻是純粹打發時間。像他便是屬於最末一類，但與一般人不同的是，他捨棄易讀易扔的漫畫雜誌大眾小說等休閒刊物，淨揀些艱澀冷僻的東西讀，他是想讓腦子被一堆深奧的文字符號占滿，這樣他在焚燒別人屍體的時候，便不愁沒東西咀嚼。咀嚼，是的，在那樣壅塞著怪異焦肉味，張開嘴巴不知呑進多少屍灰的場合，任何實體含在嘴裡都可能會激發嘔吐，唯有抽象的概念擺在腦中唸在蒙了口罩的嘴裡，才有打發時間而不致作嘔的功效。他就這樣讀了許多叫好未必叫座的所謂名著。那些大師們也頗感激他的識貨，也都願意在他嚴肅的工作空間裡，幫上他一點忙：把冗長枯燥的焚屍時光殺死。

像最近這陣子他讀的就是這本號稱繼沙特（他上上個月才認識的，另一個殺時間的高手）之後法國知識界最具影響力的怪傑，套用什麼解構主義所寫出來的既像小說又像散文或根本就是論文大雜匯的東西，他硬著頭皮啃了，剛開始偶爾會不慎睡著，但讀到後來卻像尋到知音似的，對文本中大量而詳盡地把愛情的諸般面相交托給他這個不諳愛情的讀者，這種說／聽神話故事般的終極趣味，感到莫大的滿足。因而好幾次，幸好臉上蒙著口罩，那些喪家們才不至於發現他一邊處理往生者的遺體，一邊嘴角上揚歇斯底里的笑著，他們可能不會相信那時候他正「咀嚼」著諸如「被剝了皮的，這是戀人特有的敏感性；這使他變得脆弱，經不起最輕微的傷害」此類神奇句子，眞的好險。

更甭說今晚他在這本書裡發現了另一個小樂趣。他的習慣是，一本書拿到手，必從第一頁開始讀起，期間不跳頁也不回溯，當然不會在尚未讀到倒數幾頁之前，發現那裡夾了一張小書籤。可他今晚讀到那裡了，發現標名「尷尬相」的章節開頭，或者說「我瘋了」的章節末尾，這兩章節的分界，就夾著一張小書籤。說書籤其實也不，只是一張充作書籤的餐館名片吧，黃褐色的硬卡紙上印著「吃吃看」的餐廳名，左邊畫著一個金髮廚娘一手握鏟一手捧著類似瓢盆的食器，微笑著向你招攬。他把名片抽出，讓它堅硬的兩對角頂著自己的右手拇指與食指，像渦輪扇葉那樣吹著轉，然後，開始想像。

他想像這是一個初戀的男人，在徹底讀過這本《戀人絮語》之後，準備邀請心儀的女子到這家「吃吃看」西餐廳，驗證書中所寫的某部分或所有事情。

他想像這是一個遭情郎欺騙多時的女子，在閱讀了這本《戀人絮語》之後終於認清事實，計畫到這家「吃吃看」西餐廳，與情郎吃最後一餐。

他又想像其實故事該倒過來，這一個讀者先到這家「吃吃看」西餐廳用餐，邂逅了一位喜愛美食同時喜愛閱讀的異性，臨別前對方借了他這本《戀人絮語》，爲了繼續這段未了的緣分，於是把名片夾在書裡避免遺忘。

又，名片的位置是不是代表著什麼特殊涵義？

之所以把名片夾在那兒不夾在別處，究竟是巧合還是刻意，是爲了發揮書籤功能註記閱讀的進度呢，還是意有所指？若是意有所指，那麼，到底是說「我瘋了」還是「尷尬相」？是說因爲愛情的瘋迷導致誤解的尷尬，或者表白不被接受的尷尬導致了愛的瘋狂，亦即恨？

啊眞是好多好多種可能的組合，他賣力編織著，這種隨我編劇的樂趣牢牢地擄住了他，使他暫時忘卻昨晚以來，六十八號引起的亢奮，吹笛子孫鈺蕙引起的綺情，孿生弟弟引起的哀憤，甚至羅蘭巴特及其書引起的愛智渴望，他把它們統統忘了，轉而進入一種屬於本我的，難以框限的神祕境界：冥想。

床頭的電話突然響起來。

他作夢般地走到床邊，將話筒拾起：「喂？」

又是那個女人喝醉酒瘋癲的哭笑。

「我說過，我不是妳要找的那個男人，妳打錯了。」

如常，他把電話掛了。鈴聲又響。他把話筒拿起來，聽，依然是她，又把電話掛了。這樣重複三次之後，他把話筒擱在床頭。

可是在歷經腦部的大量運轉之後，一個人再難耐懸疑了。空氣中嗡嗡迴盪著電話的振鈴聲，窗外夕陽的餘暉逐漸散去，有一種隱隱蠢動的氛圍勾引著他，使他伸手把話筒撈起。

這個隔幾夜便來電以瘋言醉語騷擾他的陌生女子，此回卻是清醒的。

「我失戀了。想找個人聊聊。」

「妳應該找妳的朋友。」

「我不想讓他們知道我失戀。」

「爲什麼？」

「他們相信我很罩的。這一下我很丟臉。」

「所以妳需要一個傾洩的對象，一個垃圾桶。」

「也許你是一個心理醫生，還是張老師之類的。」

「我不相信妳會聽這些人的話。欸妳是在開我玩笑吧？我認識妳嗎？」

「那你是做什麼的？」

「我是燒屍體的。」

「啊？你說什麼？」

「我是燒屍體的。」

「哈哈哈……你以為你這樣說我就會怕？」

「我沒瞎掰，我眞的是個燒屍體的，當然，在那之前我先得幫屍體洗澡、化妝。」

「搞半天你是殯儀館的。」

「怕了吧。妳該掛電話了。」

「我幹嘛掛電話，就說我要找個人聊天。欸，在那裡上班好不好玩？」

「妳來做做看就知道了。」

「眞的？你們肯讓人隨便進去試做啊？可以噢，有機會我眞的會去，你不要以為我……」

他竟然就與這樣莫名其妙的女子莫名其妙地聊起來。他們很順暢地聊著，時間分秒過去，他的窗子已被夜色染黑，每半小時換種姿勢的話他已經換了兩輪四種，很訝異兩個人竟然能聊，尤其是當他察覺自己的肚子開始發出巨大的叫聲而停頓下來，那女人說你餓了不能讓你餓死以後好再聊的時候，像要與戀人話別似的，他竟然有些依依不捨。

「明天繼續？」他問。

「看緣分吧。」那女人說。

緣分。掛斷電話之後，他在心底複誦著這兩個字，腳底輕飄飄漫步雲端的感覺。他知道自己一直在等待這個女人清醒，像今晚這樣，如此他或能了解她不斷打電話來的目的，不能弄明白也無所謂，只要能說說話，與這樣一個年輕女子的聲音說說話……。

什麼東西啪啦啦響。

回頭，他看見那本《戀人絮語》被晚風撩撥著，一頁接一頁的舞動。

那之後的日子，他便也像被縮小懸吊在一部巨大無垠的書卷之上。較多時一頁接一頁快速瀏覽：工作，繪畫，閱讀，不抱期望的親人，甚至，那個粉紅圍巾小眼睛——啪啦啦翻飛颳著風掃過他的面頰，他不經心的眸子讓這些生活符碼輕易流逝，而什麼時候翻頁的手會慢下來精神會再度集中，唯有電話鈴聲在夜裡響起，那個不一定清醒的女聲在耳邊重現，這樣碰運氣的時刻。

「能不喝酒嗎？」他逮住機會問她。

「我在酒店上班呵，」笑聲忽然浪蕩起來。

他想或許喝了酒的她白天也曾胡 call 來，某日史無前例請了假待在宿舍床頭前等著，懷疑自己陷入蠢男迷上煙花女的肥皂劇情節，果然等了半天沒等到而心情鬱悶，忽又醒悟，原來特種行業上班女郎白天都躲被窩補眠睡美容覺。

於是更加珍惜夜晚的熱線時間。他試著對她講述自己並不眞懂的愛情，把羅蘭巴特那本書裡的抽象字句轉化成一幕幕愛情速寫，再運用私淑的想像力將它們排列組合，一千零一夜男僕對皇后的新故事接龍。她說她是在轉檯或站壁的空檔聆聽。很多時候她像聽不懂或根本沒在聽似的沉默好久，忽然蹦出一個虛虛的笑聲，教他屢屢感到拳打棉花的無力。

是不是該換個話題，他想。那一天不知怎的死人特多他狂燒個沒停，執話筒的手微微發抖，身體疲憊不已心也倦了，有點頹廢想乾脆放棄。

不想赫然聽見電話那一頭說，見個面吧。

「你都不想看看我的模樣？」嬌嗔的聲音：「我長得不錯唷。」

他頓時整個人振奮起來，隨即卻又軟癱了下去。對妳長得不錯而我呢，想到自己臉上的疤他簡直想開了窗子跳下去。

「我長得像鬼。」他盡量故作輕鬆地說：「見了面包妳後悔。」

「呵，還押韻哩。你說，我後悔什麼？」

他一時語塞。但這一下停歇卻讓他想通了一件事，那就是，他把夢作得太大了。

〈是啊你以爲人家會後悔什麼？你又期待什麼？〉

「好啦，不逗你了。說，約哪裡？」

「妳眞的要和我見面？」

「你好像很懷疑喔。」

平生未預演過這段戲碼，他忽然有些心慌意亂。支支吾吾地說：「我，我沒。」

「快，讓你決定地點，我決定時間。」

急了，他左顧右盼就像要在自己房間裡找到那個地方。然後，像是時機終於成熟，春天來了花開了，桌面上《戀人絮語》像一朵奇花緩緩開綻，他一把將那花心的黃褐蜜蕊摘下：「吃吃看。」他對她說：「我們去吃吃看。」

後來兩個人像是被突然通知相親的陌生男女那樣面對面坐在那家生意清淡的義式餐館，用路邊攤買來十元一大包的塑膠刀叉艱難地攪動漿稠如水泥、完全分辨不出內容物的起司焗烤海鮮飯，他眞的後悔極了，頻頻低聲道著歉，因爲接近打烊時間故整間店裡只剩下他們倆，他不想讓那個根本是法國尬車片「Taxi」（台譯：終極殺陣）裡頭那個好大喜功又專搞笑的機車探長從銀幕裡走出來的後中年雙下巴凸肚餐館老闆聽見，何況後者還挺詭異地在客人用餐的時候拿著一本大雜誌坐在附近遮臉偷聽，像該死的正在監視著他們倆。

「對不起，露露。」他喊著眼前濃妝豔抹、不讓人認出似的以各種色彩覆蓋了那張小臉的女人告訴他的名字，歉疚地小聲說：「我是第一次來這兒，不曉得會是這樣……」

與電話裡瘋起來可以聊上數小時的印象不符，她只是用紙巾擦拭著嘴角，淡漠地點個頭。

窘迫——一個眾人場面，其中暗含的戀愛關係造成了拘束，引起了大家的尷尬，儘管沒人吭一聲。

他突然想起書上「尷尬相」章節開頭，那彷彿預言的文字，雖然句中的「戀愛關係」八字還沒一撇。方才第一眼她見著自己臉上疤痕的反應，已然深深烙在他的心中，像完全不在意似的他看見她挪移著目光將自己的全身上下打量個徹底，一反別人瞥見疤痕後便將眼睛躲閃開的常態，她居然頗勇敢地把那雙大眼端詳過來，一點也不避諱。可是現在這個女人的熱情卻又轉瞬間消退了。當他點滴交代過自己寒澹的身世，尤其說到殯儀館工時長壓力大可薪水卻不怎麼樣的那段，他從她水汪汪的眼底捕捉到一點失望。

〈難道她就是這麼個謎樣的女人？〉

「今天天氣不錯。」他困窘地說。但門外已是日落的漆黑，他看見她皺眉咧嘴，「啊？」一副不可思議的表情。

更可憐的是他竟然又說起羅蘭巴特，把曾經對她說過的故事又說了一遍。這下她把雙手抱在胸前，經驗不足的他還以爲對方準備好要全心聆聽，於是說得更來勁了。

「露露啊妳聽聽這個故事……某風流名士迷上了一個妓女，而她卻對他說：只要你在我的花園裡坐在我窗下的一張凳子上等我一百個通宵，我便屬於你……」

「Got ya－.」

出乎你我意料之外，就在自稱露露的女人掩著嘴偷打呵欠的時候，那個全程窺聽著兩人無聊對話的怪異傢伙——餐館老闆——冷不防大叫一聲，讓他僅有的兩位客人嚇得差點從椅子上摔下。

「Well Well Well。」機車探長，不，餐館老闆用力鼓著掌走向他們，並且像是要使自己散發某種洋人派勢那樣模仿著電影裡那些聰明傢伙逮到倒楣鬼幹壞事時必有的發語詞及其專屬腔調，最後朝著呆若木雞的男女眨擠著右眼，嘴裡咂咂有聲。

「羅蘭巴特，戀人絮語，Right？」老闆雙手比出手槍狀，歡快地瞄準故事說到一半的男子：「你相不相信我知道最後的結局？」然後不等人家開口便繼續說了：「到了第九十九個夜晚，那位名士站了起來，挾著凳子走開了！哇哈哈哈哈哈哈哈哈哈哈哈哈哈哈哈哈哈……」

焚屍男跟著露露走出餐館時，機車探長，不，餐館老闆那番語重心長的告白仍然在他發燒的腦子裡打轉，像走不出迷宮的機器鼠不斷在複雜的框格間迴迴繞繞，無休無止。

原來之前他的想像子彈全部打到標靶外頭了。原來，那本從圖書館借來的《戀人絮語》裡頭夾著的那張名片，根本不是什麼初戀男或復仇女或者偶然邂逅了同為愛書人的幸運兒搞的，媽的原來是這家「吃吃看」義式餐館法國佬樣初老老闆偷偷擺進去的，據其說是類似實驗的態度，想看看讀物與讀者與潛在顧客三者的關聯性，於是「幾乎全國的圖書館都找得到敝人的名片哇哈哈哈哈哈哈哈哈哈哈哈哈哈哈」，如此假洋鬼子得意的狂笑。

「我發現，真的是什麼人讀什麼書耶，Oops，或者該這麼說，什麼書讀出什麼人，一位懂我的意思嗎？」必搭配誇張手勢的老闆講演般地說：「所以抽樣調查的結果，《如何賺到人生的第一個一億》的吃客就是極缺錢的模樣，《從瘦到瘦》的吃客總是肥公肥婆，至於那本超厚重的暢銷經典《萬年孤寂》，我見過一個大學生把它豎起來當板凳坐，You know，小店偶爾也會有座無虛席的美麗時光，並非都是這麼 cold 的……」

那麼，像我這樣，把《戀人絮語》當愛情指南讀的，都是些什麼樣的人呢？

「噢，Sorry，先生，真是抱歉。」老闆搖搖頭說：「截至目前爲止，您可是第一人哪。」

第一人。他登時腦袋空白喃喃自語，第一人。第一個把大師文本當愛情指南讀了，然後把女伴（潛意識裡的未來女友）帶往某素人統計學家某日起床突發奇想隨機地在圖書館各類書籍裡插入的一張名片上的地址，「吃吃看」，以爲終將倚靠文本中的偉大字眼獲得異性青睞的，如此罕見，如此低機率的樣本。

〈竟然，自己竟然是這樣少見的人類。〉

他有點恍神地推門欲離之前，餐館老闆親愛地摟住他咬耳朵，像宣道牧師那般對他說了這麼一段話：

「這女人不好，相信我。喔罪惡已在她蔑視大師聖言的臉上彰顯了，吾以上帝探子之名，譴責她！」

神經病。

他走在女人的屁股後頭，忽聽到她暗罵了一句。霎時有種事情總算連貫了起來的感覺。他從那晚依稀與六十八號的對話開始一路追想，想到自己經歷了一本艱澀書籍的催化，夢般的夜間熱線，眼前這個有著顯然是假名與假臀線的女人，最後達至那個怪餐館老闆口中不知幾萬分之一機率的地位，啊，難道這一切都是天命!?

他認爲自己該服膺六十八號說的這個神祕的東西。於是當那個露露說想看看他住的地方，「說不定那個死沒良心的被誰制裁了就埋在那裡」，開玩笑說她才會不斷地撥電話過去，他殯儀館焚屍男心裡還是涼了好幾下，掙扎著把「沒問題」說成「沒關係」。

他們回到了那間頂樓有違建的大廈。爬著階梯看見她不停往樓下梯口張望他便安撫她說，雖然自己臉上有疤但絕不是幹壞事的江洋大盜，這樣的冷笑話。

接著他們就來到他的宿舍門口。

「就你一個人住?」她問。

「對啊。」他答。

於是他繼續掏出鑰匙把門鎖打開，「裡頭有點亂，」客套地說著，一顆心跟著莫名興奮起來。

然後他整個人竟就像觸電似的抖將起來。

咿咿咿咿咿咿咿咿咿咿喔喔喔喔喔喔喔喔喔呃呃呃呃呃呃呃呃呃呃……

如果他也常看電影的話，他應該理解導演們總愛用第一人稱視角處理某人遭背後攻擊而暈眩著倒臥在地的畫面效果。通常觀眾們會見到鏡頭快速、紊亂地搖動起來，難以捉摸的攝影路徑模擬著昏迷者倒下時，雙眼可能掃視的景物順序：快速閃現的攻擊者的臉。攻擊者手上的凶器。攻擊者的頭頂。天空。（倒地音效：啪啦或撲通。）斜鏡頭的攻擊者的腳。最後那腳迫近地抬起來跨出畫面之外，代表跨過倒地者的身體。遭那個自稱酒女露露的女人以小型電擊棒攻擊後頸的他，便是這麼經驗了一場痛苦但有點前衛藝術倒地過程的。

想當然爾，醒過來之後，宿舍的宿主將搖搖晃晃發現他的居所被狠狠劫掠過翻搜過的滿目瘡痍。有些貴重東西不見了，包括他藏在書桌底層抽屜的那批往生者素描畫，也被偷走，一張不留。

我操她媽的拿我的畫幹什麼啊——猛踢一腳被撬得變形的抽屜，他懊喪地坐在床邊掩面哭泣，同時憤恨地痛罵那個無恥的女土匪。他傷心他的談話伴侶們竟然這樣離開了他，那些被擺布著作出各種輝煌的、生前無可能出現之終極姿勢的死者，最忠實的友朋，竟被他的急色慾望所害，可能永遠佚失，再也尋不回來。

他在內心呼喚著心理距離最近、意志尚未完全模糊的六十八號，想問她這是什麼狗屁天命的時候，沒有，一點回應都沒有，少了她那張人世間最後的影像，他就像對空氣說著話，茫然面對一片死寂。

但他還未完全掌握天命。他不知道，那之後的人生就像被綁在一列雲霄飛車之上，迎面不再是翻閱著書卷的微風，而是被地心引力狂扯而猛衝直下，如針螫面的可怕暴風。

他失魂落魄地在街上遊蕩了數日。殯儀館同事們燒屍燒得手軟猛 call 他要他回去上班，他無動於衷，一言不發的把手機關上。

然而那威力驚人的風暴，宿命，最後還是找上了他，因爲是被綁在雲霄飛車上所以敘述發生在他身上的事情必是短促而難以細部呈現就好像毛片膠捲被以極速播放那樣斷裂跳躍著被放大的瞳孔吸收了。

那一天新聞主播冷酷地念著新聞稿向觀眾說明前夜發生的一樁凶殺案，他站在電視牆前面咬著麵包看見他失落的那些鉛筆畫凌亂散置在那個露露冰冷染血的屍體旁（電視字幕且打出變態殺手留下手繪裸體向警方示威），他彎腰乾嘔一陣後以跑百米速度奔回自己的宿舍卻在大廈一樓門口被大批圍觀群眾攔擋時他問發生什麼事，一個民眾說頂樓加蓋的宿舍門口倒臥一具男屍所以現場已經被封鎖起來任何人都不能靠近，接著他要崩潰似的聽見大廈管理員衝著他嚷著哎呀被殺的人不是你呀我看見那張臉以爲是你啊糟糕糟糕了我報錯線索了警察先生快來問他就是那間宿舍的住戶啊別讓他跑了欸……

一張被撕得粉碎的，黑社會大哥的女人六十八號的裸體畫，警方在他孿生弟弟陳屍現場發現的唯一線索。

出殯那天，父母親從南部上來參加小兒子的公祭，悲慟萬分地在他弟弟的靈前搥胸頓足呼天搶地要暈死過去了一般。他知道爸媽心中的寶貝永遠地毀壞、遺失了，他的人間的正版因爲他的一個小嗜好而蒙受厄運，剩下他這個報廢品以殘缺的面孔獨留在這世上不知道要幹什麼。

還有這該是焚屍男畢生最大的悲哀：不料自己有一天會燒到自己弟弟的屍體。

年紀一大把但脾氣火爆的老父之前已經狠狠教訓過他了（以務農的，粗糙堅硬的拳掌猛擊不肖長子的頭臉多達二十餘次），今天當著公祭的觀禮來賓可能還要再次修理他，在他發落好弟弟後事從祭壇後面走出時，擋在他的面前要他跪下。

「你！」老父親指著他低垂的頭大聲說：「以後我們就靠你養了，明天你就去想辦法找醫生把臉上的疤弄掉，知不知道！」

「好加在你在這裡上班唉。」老母親臨別前拉著他的手偷偷問：「啊有沒有打折，算阮卡俗一點？」

那個哀樂團裡吹笛的孫鈺蕙，公祭結束突然走過來向他致意時，他的心慘烈地揪在一塊兒。

「我認出那是你弟弟，跟你長得好像。」那雙小眼睛幽幽地看著他：「人死不能復生，你要節哀。」

「今天妳怎麼沒戴那條粉紅圍巾？」他不知哪來的衝動與勇氣，就問了。

小眼睛滴溜溜轉了幾下，有點受驚嚇的意思。半晌，一個微弱的哀愁的聲音響起來：

「那是他送的。但上週末我們分手囉，所以。」

原來她也失戀了。

他焚屍男耳邊就呼嘯過一個從未眞正聽聞卻無比熟悉的女聲複誦了一個神祕的字眼，在那餘韻消失之前，他的腦中就閃現大師不朽之「我瘋了」的章節，開頭的那段文字，而不可遏抑的在如此悲傷的殯儀館裡流著眼淚笑了起來：

「發瘋。戀人的腦子裡忽然掠過這樣的念頭：他發瘋了。」

阿飛的地獄之旅

「然後，終於還是輪到我了。」

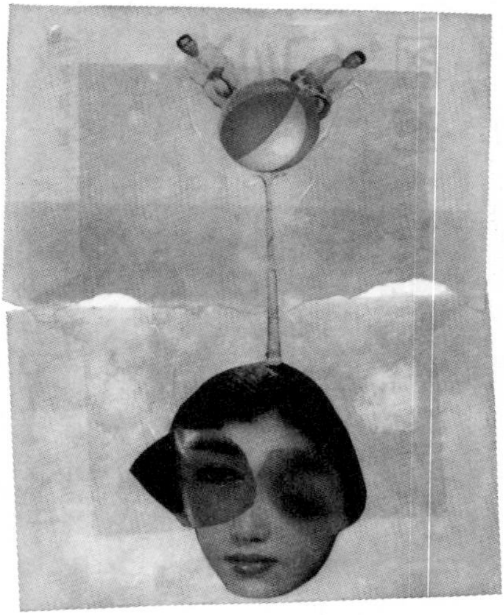

於是，我們花心的阿飛又展開他第一百零一次的地獄之旅。那將是沿途鎂光閃爍如夏夜煙火的一程，伴隨著如波霸珍奶摻了水而虛漲容量的訊息洪流裡的，珍珠粉圓樣黑黝黝漂浮黏聚成團塊的眼瞳子，與蟲鳴般前後左右此起彼伏嘈雜不止的閒言碎語，他將朝著他不記得參加抽獎但卻意外摸中的免費遊程目的地——地獄的某層，帶著幸運兒特有的那種虛假羞澀，勇敢地大踏步前進，抵達，然後折返，像一個受盡毒火熬煉終究重投人胎的罪魂那樣，純淨，無辜，一切從頭。

對不起我說的不是電影裡頭拈花惹草、不小心搞大摯友馬子的肚子，劇末仍要俗濫地透過帥男裘德洛那張性感朱唇唸上一段天啓神悟良心告白騙取一干女觀眾廉價同情的那位，我說的是眞實存在你我周遭，總是那樣遙遙領先男性同胞遂讓後者無比羨慕或嫉妒的，獵豔高手。

譬如眼前這一位。

「白癡啊，要偷吃也該懂得抹嘴，還自拍留證據，活該！」大學死黨對著壁掛的電視機低聲咒罵，然後像要取得我的認同，轉頭直盯著我的雙眼。

我笑而不答（這是對他的一貫反應，倘若他又炫耀他那種非我所能理解、異世界的愛情觀），也把目光投向螢光幕，那炒得滿城風雨的主播緋聞。彼時緋聞主角的同業（敵台的另一位女主播）第三次把斗大的字幕標題誦讀出來，「十指相扣」，我聽了不禁一陣悚然（如此文藝腔，如此與腥羶鹹濕文化格格不入，如此簡化象徵男女情事的符號語言），那之後畫面接續一幕又一幕不斷被反覆播放的男女主角沉陷不倫愛慾旁若無人的幸福表情，鏡頭一轉前體育主播跑百米倉皇逃竄後有嗜血狗仔窮追猛趕瘋狂逼問於是面無愧色落落大方澄清說明女方知情或者不知情接著按鈴告前女友告媒體告這個國家告這個瘋狂的世界……。我也差不多被搞瘋了。原以為窩身如此一爿恬適、氣質的小咖啡館或能避開這城市光怪陸離的一面，不想依舊面對面遭遇上，鏡頭裡鏡頭外。此位大學死黨姑且稱他W君，是他邀我在此小聚，佯稱同窗老友多時未見也該敘敘舊，可我知其實他只想找個傾倒心情渣滓的垃圾桶，更準確的說法，阿飛剛結束一段不長不短的戀情並離開一個磨光其耐性的女人，此刻是情毒的空窗期是荷爾蒙的冬眠季，必須有個知己相陪相挺。所以我來了，邊聽電視新聞報導同時聽他報告，又一則大情聖憧憬愛情（或肉慾）又質疑愛情（或女性）的灑狗血懺情錄。

我始終不解，到底該說阿飛一族是天賦異稟抑或世間女子太天真太脆弱，當前者像更換衣物那樣更換身旁枕邊的慾望對象（那一具具微顫著渴求情人施捨憐愛的溫暖女體），既不遲疑亦無丁點羞恥地，彷彿虎入羊群予取予求，何以，何以女性同胞啊仍要死心塌地縱容此種違反生物分配率的浪蕩行為，像基因定序遭鎖死注定要趨光飛行的蛾那樣，盲目撲向一盆焚身之火？（由是驗證了莎翁於數世紀前送給紅塵男女的告誡：「愛侶們永遠看不見他們自己所做的傻事，因為愛情是盲目的」？）

「不，我們並不盲目，我們都知道自己需要什麼，渴望什麼。」但W君語氣堅定地說：

「愛情是兩個人的利己主義。」

那一瞬間我恍然醒悟——天啊，原來阿飛戰無不勝攻無不克的利器之一，就是隨時隨地變身詩人或大文豪的能力！聽，他剛剛漫不經心脫口而出的，不正是拉薩爾的名言嗎？果然，在之後一長段猶如聆聽舞台劇男伶於開演前的後台素著顏背誦台詞的枯燥時光，W君附魔般地對我默出一句又一句，即便是我亦要感動遑論那些個滿腦子綺思幻想被白馬上的俊美王子攔腰一把抱上鞍或於夜闇的酒館裡與一臉憂鬱酷肖某偶像男星的傷心漢交心地攀談直至打烊然後成功上了他的紅色保時捷的癡傻女子，如此媚惑如蠱的愛情名言錄。譬如「戀愛不是由結婚而終，戀愛的事業永無止境」（語出大仲馬）；「戀愛是像狡兔似的，半推半就，招引獵人跟隨不捨」（語出毛姆）；或者「我從不能解釋爲什麼我愛上某人或某物」（語出惠特曼）；還有還有，「戀愛是一種生命力，人受了生命力的驅使而發揮戀愛的本能」（語出蕭伯納）……。就這樣，阿飛灼灼其眸賣力詮演自己游刃情場征服愛神的珍貴心得，或者毋寧說是一位犯了淫亂罪的信徒大膽掀開聖堂簾幕直接對神父進行疲勞轟炸式的告解，我幾乎就要代替那些女人原諒他了，直到——直到一旁電視新聞開始播放緋聞女主角傳眞給各媒體的那封，宣告「失去一切」的訣別信。

吵嚷的咖啡館霎時安靜下來。我們的阿飛沉默無語低垂著臉看不見表情，鏡頭裡鏡頭外。

電視台煽情刻意地將女主角那張姣好的臉淡入疊合在權充傳眞文本的字卡上，並指使女主播以盡量帶感情的語調逐字讀唸那受傷害的、罪愆的、期待救贖的心情摹寫（甚至還搭配某種具有聞之令人鼻酸效果的背景音樂），任憑閱聽人投射以個人價值觀與私人情緒，以之完成一暫時教人忘卻其中敗德出軌情節，儼為婚姻借鏡、倫常教材的傳播循環。那時候我明顯察覺瀰漫咖啡豆香的空氣一下子凝固了，這也許就是傳播業戲耍的魔術，要我們被激情聳動的八卦消息狠狠撩撥之後，再幫我們頻嚥口水急遽上下的喉頭安上一根標誌高尚有教養的蝴蝶結ㄐㄧㄡˇㄐㄧㄡ（我們大家，都是為了維護正義公理才揭私、才窺看、才抨擊的唷），但要命復可恥的是，為什麼，當我把視線停留在女主角原也十分清秀無邪、難以料想會與那樣一個愛情累犯發生「那種事情」的臉蛋時，像小時候入廟拜拜前母親千叮萬囑不可在神明面前胡言亂語可一見那莊嚴聖像卻反而無法控制地、強迫症一般在心底無端咒罵起來，我腦海裡揮之不去的，淨是類似「他的床上功夫細膩，寧可不射精，就是要玩得久」「酷愛女生幫他口交」「他只有那根行」這樣的不堪字眼呢？

我怔忡問我自己：這難道是我個人的問題？

但幸好，再大條的新聞總有它退位的時候。下一則關於昨日對敵今日卻被以男女媾合比擬的兩政黨結盟後續消息結束（取代）了主播緋聞事件的報導，也暫時紓解眾人因強行操練久蟄鈍化之道德感導致的血壓上升（或者更可能只是切換熱血奔流方向，朝著相反於鼠蹊的部位，譬如目睹爾虞我詐宮闈小說般的政治詭局而異常縮放的心臟），我看一眼W君，發現他早收拾起物傷其類的愁容，像要掂量骨瓷咖啡杯的斤兩忽爾以右手優雅拎著在半空中沉了沉，然後在那位短髮挑染成棗紅、一襲粉彩短裙不及膝的俏麗女服務生走出櫃檯往我們座位移步之前，曖昧地對我擠眉弄眼。

這麼一來我便知道，我們的阿飛再一次超越了我們，像那些不怕死的飆車少年仔照例把改裝車催到破錶，我們唯有跟在後頭嗅黑臭廢氣的份。那是何等驚人的行動力啊。那超乎常人的、永不厭倦的、宛如青春期少男圓睜雙眼對著健康教育課堂上陳列的女生殖器剖面圖萌發的無窮好奇，驅策他們一而再、再而三的付諸行動。所以電視上吵什麼偷拍不偷拍偷吃不偷吃根本是白吵的了，你在阿飛的字典裡本來就找不到「偷」這個字彙呀。世上所有監視的眼睛壓根沒離開過他們，不管那淌著汗肢體交纏歡快呻吟的現場是何等隱密闃暗，他們實在仍清楚感受到整個社會的道德制約正牢牢地、緊緊地束縛著他們濡濕發燙的軀體，只是恰好構成一種悖德刺激的助興物，像皮製緊身衣或綑綁時只會刮磨出幾道紅豔豔微痛無害傷痕的粗麻繩，讓其更爲銷魂蝕骨。

如此的把周圍的窺視眼光穿在身上而更興奮，像罹染被窺淫癖的色情狂。而我們是躲在鏡面玻璃後頭伸長脖子屏息窺看的秀場客人。這看似世紀大審的媒體撻伐，以及群眾的憤怒，將在戲散之後冷卻、平復，好迎接下一場秀的到來。（聽說緋聞男主角要往演藝圈發展是吧？這不就與當年某光碟案女主角後來成爲秀場紅人一樣的蹊徑？奇怪演藝圈的胃納量眞是超乎想像地大哪）

不過是「對商品化過程本身的消費」而已啊，借用後現代主義教父詹明信（Fredric R. Jameson）的話來說。

故阿飛不死。他的地獄之旅，去去則回總徘徊在表淺的幾層（多像傳說中引發地震的地牛或巨鯰），當這個時代是如此善忘，是如此「一種新的無深度」，不難想像我們將如宿住斷層地帶的倒楣居民，隨時等著被震醒，遂變得躁鬱、易怒、冷漠而薄情。

所以阿飛你他媽的算哪門子地獄之旅？你可像我一樣經歷過，眞正名副其實的地獄？說起來，那是在我成爲一位安靜的、認份一如螺絲釘之任人錘打歪斜再粗暴扳正的程式設計師之前的事了。

那時我剛退伍，靠著人情進入一家機械製造廠當業務代表，仗著只能唬本國人的英語會話能力，竟然有幸被總經理指派與他一同赴東南亞考察（天啊，一位職場菜鳥的首趟海外行）。臨行前業務經理拍拍我的肩膀，像是祭悼什麼的古怪表情，對我說：「小陳，保重啊。」當時我渾不知自己即將進入一個全然陌生、終我一生要以一種無接縫殘像織錦密覆我七竅像要奪我魂般掙脫不去的魔性空間，還傻呼呼客套一番，「謝謝經理關心，會記得帶點當地名產回來」，那樣的滿心期待。

不想才到第一站新加坡，一切就不對勁了。

老總說小陳啊晚餐後咱們四處逛逛如何，接著便領我往飯店旁的一條暗巷熟門熟路鑽去。身處異地讓我有點慌張，緊跟著他胖大的背影不敢或慢，走著走著，遂走進一門口高懸誇張七彩霓虹燈的不知名小店，待我適應室內的灼烈光照看清楚了，雙腿差點軟癱下去。那竟是一間妓院。（還是該稱它娼館？紅燈戶？特種營業所？）

耳邊恍惚傳來一陣裂帛或玻璃碎響。我與昔日的我，我與那一個大學時代與班上一夥男生瞎起鬨以一種嬉戲笑鬧心態去到西門町應召女郎等著的賓館門口結果無人膽敢踏進去遂一起鳥獸散的我，那清純的舊時光，瞬間被殘暴地割分了。

後來我坐在鄰近店門一把店家為嫖客準備的長板凳等候著總經理像拆弄玩具那樣於暗房內嫖狎一個女孩，腦筋一片空白地假裝觀看店內壁掛電視機（又是這種）播映著的一部港劇（如今已忘了片名），不敢把視線偏向兩側（一邊是濃妝豔抹外表華美內裡已如廢園般荒涼破敗、排排坐等客人挑選的娼婦們，一邊是絡繹不絕各形各色世間至極醜陋猥瑣臉孔的買春客），像個拉皮條的（竟眞的有幾個白目傢伙找我問 How much），可鄙地枯坐在那裡直到老闆發洩完畢。

而失去貞操之後，再來彷彿就無所謂了。之後的考察行程，馬來西亞、緬甸、柬埔寨……我陪著老總，一路冷眼看他像貪婪的捕蝶人那樣每至一地必採集當地品種，即便是隻幼蝶，翼翅尚處於稚嫩易傷的發育階段……。

然後，終於還是輪到我了。

記得是在最後一站的柬埔寨，那一座剛遭受韓森叛軍屠戮轟擊，有人失蹤之後被掏空臟器棄置街頭、父親騎著腳踏車充當馬夫接送女兒應召接客、衣衫襤褸的貧童整批整批湧入觀光旅館乞討的崩塌城市，台幹們在白天輕浮過工廠那些身著單薄衣裳因汗濕黏而曲線畢露的女工之後，晚上繼續痛快沉浸在酒池肉林的超豪華巨大春宮（未曾想像這代名詞會以如此具象向我逼近），老總不拒盛情地拉我一同領受當地合作廠商們的招待，於是那樣一個頭髮剛長齊未久的我，差點窒息在一群全裸女孩的胸脯夾擊裡（她們像是在報復，拚命用肉體擠壓著你像要把你活活埋葬），因而面紅耳赤心搏如雷幾乎要昏死了過去。

「你一定得挑一個。」出場前某東道主半殷勤半脅迫地這麼對我說。我求饒地看著老總，他只遞給我美金十塊與一枚保險套，「爲了公司業務呵」，於是我與一位怕不滿十八歲的柬埔寨女孩回到下榻的飯店房間。

接著發生什麼事？——不你猜錯了，我說過，這是地獄，眞眞正正的地獄。

像魔幻寫實小說裡的光景，外貌清麗的女孩在黑暗中窸窸窣窣脫光她的衣服，裹一條毯子認命地躺到床上。

而我，像一個受驚嚇的孩子那樣，滿腦子少時讀過的那種善士出錢助印做功德的「地獄遊記」裡描畫的刀山油鍋牛頭馬面淫蕩者死後務必要面對的，那些極端恐怖的圖像，和衣縮

在床緣，徹夜無法闔眼。（女孩最後發出令人心安的細微鼾聲）

一直到天亮了，女孩匆匆醒來，以不同於前夜之溫馴的淡漠口氣向我討了那美金十元，然後像掙脫獵網的小鹿那樣快速消失在靛藍晨光照耀下恍若梵谷畫裡那些迷離彩線般的紊亂街巷，我關上房門，終於無法抑制地哭了起來。

後來我離開了那家製造廠。

國父，西施，及可哀事物

「妳不知道，剛剛我才看見妳伸手摳著妳的……」

不能說不敬，總是以這樣背負的姿勢，雙膝微屈，彷彿祭悼儀式上擔任牽魂人的拘謹，背上扛著孫中山先生的遺照，然後將臉緊貼那壁面並艱難地調整瞳孔焦距，要從一指寬的陰暗洞孔間攫取那一幕模糊的影像：一具輕搖款擺的、赤裸的女體。

都是終於對兒子失望的父親，某天以一種擱置既久而愈顯酸溲的口氣對他說：「賣擱眠夢啦，讀啥研究所，歸年透天躲房內讀冊，白啥汝爸米放祖公屎！找無頭路？汝爸找給汝啦！」他像是鬆了一口氣似的從隱隱透著汗酸味的晦暗書房裡走出，穿過幾條走過不下千百次的街巷，來到老父缺牙漏風嘴裡飄出的這一爿小店鋪，香港佬的鹹粥攤。

他雙手插褲袋站在蒼蠅繚繞的攤子前，像個落第書生的頹萎，畏縮地看著常年面色紅潤如飲了酒的中年人老闆招呼幾名熟客，心頭並暗暗盤算該何時上前攀談才好。

「係（是）要什麼粥？鼻（皮）蛋？娃（滑）蛋？咻（瘦）肉？還係ㄋㄧˊㄨ（牛）肉？」港仔老闆無缺牙亦頻出氣音的問他，他羞怯地擺擺手：「不是，我是來看店面的。」

「喔，係何先生嗎？」那雙頰更酡紅了。

「是，我姓何。」他客氣地說。

「你等等先。」

等到最後一個客人拎著裝滿熱粥的塑膠袋離開，那一個輕柔的氣音在耳邊喚叫時，他已經垂著頭淌著口水，坐在老闆的小板凳上睡著了。他睜開眼睛，看到店口鐵門已拉下一半，急急站了起來。

「何先生，這是店裡的鑰匙。」老闆將一串沉甸甸的金屬物事交在他掌心，很快速地說明每一把的用途，「這係大門的，這係庫房的，這係配電箱的……」認定他馬上就能記住似的，最後把一隻長年持鏟翻攪鹹粥而粗壯勇健的手臂搭在他的肩上，嘻嘻笑著說，少年頭家好樣的。

「呃，不，我不是……」他慌張地否認著，驚訝地說：「今天就要交接？」

「係啊。」老闆重重點頭，伸手抹去額間的汗，馬鬃般長髮在後頸上翻飛：「鍋子都見底囉，要收攤。」

「我的意思是，」他一隻右手捏在胸前，「現在就要把店交給我？」

「係滴啦，那個何先生──應該是你爸爸──說，店租的尾款幫我付清就該交鑰匙。我說好哇，愈快愈好，反正我回香港的機票都買好了。」

「可是，我不會……」他囁嚅著，想說自己連煮一杯米配幾碗水都不懂要如何經營粥攤，但港佬狐疑的眼神讓他放棄了。本來父親頂下店面，也並沒有把人家的廚藝一併頂下啊。

「該收的東西我都收了，只賣完中午這一鍋就走人，現在賣完了，我要走了。」仍然是嘻嘻笑著，那眼底有著訣別的瀟灑，但似乎還摻雜了點閃爍的什麼，他不禁回想起父親曾經這樣品評過這個接續老榮民武伯伯據此街角地做小生意的港籍台灣女婿：「西瓜偎大坪，哪裡有錢哪裡鑽」，本土意識濃厚的老父頗有為台灣奇蹟作證的自豪，像偶爾在電視上看見靖廬裡蹲滿大陸妹時的輕蔑，「拚了命也要泅過來撈台票」，缺牙漏風嘴又膨風把對岸人一概打成落後份子，「娶台灣查某攏是為得好賺台票啦」，毫不知或刻意忽略其實香港早先是英國的領土好久好久。所以眼前的港仔用指頭沾著唾液熟練地數著一疊台鈔，他有種被詐騙或被掠奪的感覺，這感覺以為在那疊紙鈔被塞進皮夾的時候臻至高峰，不想皮夾主人最後竟一臉歉疚地說：

「聽我家鄉人說，最近我們那邊的經濟又慢慢搞起來了，聽說好多人用閒錢炒股買樓花，都勸我回去賺比較快……不係有很多台商跑去我們那邊投資嗎？……當然啦，台灣還是很有希望的，要不係我老婆吵著要過去，才捨不得這個店哩，所以何先生你係賺到啦……」

無言以對。

稍後，當小店裡只剩他一個人孤獨地清洗著香港佬留下的一批油膩鍋具（那人臨走前還自覺義氣地說這樣你又省下不少錢眞的係賺到你說係不係呀），蹲在店口呆望肥皂水嘩啦啦排進髒汙發臭的水溝他邊想，如果父親說的話成立，「西瓜偎大坪，哪裡有錢哪裡鑽」，那麼香港佬匆忙背離的此地，台灣島上某條街的街角小店面，不就是西瓜不偎的小坪了？或者應該說，是整個台灣島，港佬的那個台灣某亦要背離的，小坪？

三民主義研究所畢業的他忍不住打了個冷顫，扭動發痠的脖子把頭抬起來，猛然，撞見一雙快速交換重疊順序的白皙長腿。

慌忙把視線別開，他懷疑，剛剛看到了那白色交叉裡的一角嫣紅。那是啥？內褲？他相信自己瞥見了那女郎的紅內褲。再把臉移回去，玻璃櫥窗裡的一雙煙薰濃妝熊貓眼，好不客氣盯注過來，讓他羞得雙耳赤紅。

於是走回店裡，逃命似的。香港佬說，這粥店幸虧有你們台灣人最愛的檳榔攤作陪（爲了禮貌故不好意思笑得太曖昧），所以生意一向不差，那些客人就算不點粥淨在店門前踅步徘徊（依然是爲了禮貌故省略了台灣人踅步徘徊的緣由），也幫粥店營造了門庭若市的氣象。「眞是好風水，係不係呀？」一張大紅臉像抹了血。係啊，他不得不承認。現在早過了用餐時間了，然而從半開的鐵門瞧出去，他可以看見三三兩兩怪叔叔怪伯伯或台客型的少年郎接替出沒著，偶爾有機車或大貨車轟隆隆靠過來就堵在他店門口前，買或不買「青仔」，但穿著暴辣的「西施」總是要看的。

這樣粥店的生意眞的會比較好？回過頭，突然發現店內靠近檳榔攤的那側壁面上，仍然懸掛著那一幅框緣沾黏蟑螂屎、玻璃罩塵泛黃的國父遺像。

遂想起了前前任店主，外省老榮民武伯伯。

如今已化爲浙江老家一坏土的武伯伯，在眷村尚未改建，而舊日同袍仍未老死殆盡的彼時，很是風光的在這街角賣出過不少蔥油餅。當年他才國三，自然也嚐過這位外族長輩的絕妙手藝，不過血氣方剛、毛好不容易長齊了的年歲，更好奇的是挨著餅攤搭起的那座綴著七彩霓虹燈的鐵皮小屋，尤其是屋裡頭坐著的那一個裙子短短的阿姨，每每教他稍靠近一點便心跳加速，好像身體裡有東西要迸炸開來一般。

雖然與今天（走兔女郎俏護士聖誕大姊姊暴乳女戰士性感變裝 Cosplay 路線或前後僅兩片透明薄紗隨風掀乍見中間有無一條丁字褲的警伯感冒路線）相較，剛上膝頭的短裙似乎顯得過份保守了，遑論那位雙手不停包著檳榔的阿姨梳著七〇年代半屏山頭、塗脂抹粉用掉半打腮紅眼影似的大花臉並不符合少年理想中的辣妹類型，但滿面風霜的武伯伯依然趁著煎蔥油餅的空檔，苦口婆心告誡攤前踅步徘徊的年輕的他，「色字頭上一把刀呵」，並當場把老蔣頒定的新生活運動守則背一遍，要他好好讀書，別想歪學壞了。所以武伯伯的餅攤到底不仰賴旁邊的檳榔攤集客啊，這似是可以肯定的，他想。然而這檳榔攤的壽命還眞是久，難道是上一代的檳榔阿姨變阿婆之後，繼續傳給下一代從少女變成阿姨的女兒，再傳給等不及成熟的今日未成年辣妹孫女？不不不，他是看過那檳榔攤老闆的，一個鎭日嚼檳榔嚼得下顎扁闊嘴唇豔紅、個子矮短但嗜穿大喇叭長褲的男子，冷天會用溫柔語氣要旗下檳榔妹少脫一件的善良傢伙，所以是檳榔阿姨終於把攤子讓給別人，從良去了？無論如何，他還記得賣蔥油餅的武伯伯曾經怎樣把隔鄰的檳榔攤視爲他少年郎務必規避的東西，但也僅止於此，印象中，這位浙江硬漢從未眞正惡言批評過自己的鄰居，彼時眷村的老同志們總是熱中於遵循某一種神祕的默契聚到那煙霧瀰漫、再多人都塞得下的五坪空間裡（而今竟是，對岸同胞的「小坪」？），然後在沙啞嗓音的哄鬧中重溫昔日走南闖北的沙場生涯或悲歡離合的逃難經驗，大夥兒歡喜老武的餅更歡喜自己的大陸記憶被聆聽與驗證，什麼人會多花心思在那一小小丬的台灣的檳榔攤呢？

這樣來看牆上那一幀國父遺像，其所代表的精神指標意義，便不言可喻了。多年後的他現坐在店內小板凳上隔著幾步的距離睇視永遠年輕英俊的孫先生，恍惚看見武伯伯在抗戰剿匪誓師大會上慷慨激昂的青年模樣，還有被迫離開浙江老家困守彈丸小島念茲在茲「打回大陸去」的壯年躊躇滿志，然後是幾年前開放大陸探親，頭已白臉上盡是老人斑的晚年，對前來買餅的老主顧們歉疚且歡快地說收攤不幹了因為老子要回家鄉去嘿，那終能一償宿願的辛酸慰藉。畢竟是不捨。當年神明般膜拜中山先生的武伯伯，之後聽說在老家染了急病，復因當地醫療品質之惡劣，最後竟「客死」在陌生後輩的怠忽中，攜去財物被悉數瓜分，人卻再也沒能回來。是這樣悲情的國父遺像，你香港佬留著做什麼呢？

是啊，匆匆逃走的粥店老闆幾乎把家當全帶走了，但沒帶走也沒清理掉壁上的國父像，合該是不屬於自己的東西所以不好意思也沒必要吧？應該是這樣。但問題是，怎麼當初接手這店面，這香港來的二流廚師卻沒把它收下來，仍任其高掛在眷村一夕間遭怪手夷平、政權移轉至本省人手中的時代，那些講台語的客人面前？不是說所有銅像退出校園嗎？公家機關辦公室不是無須再掛首長半身像了？在這樣一個打倒舊偶像（好樹立新偶像）的造反時代，泅水過來撈台票的對岸人，竟敢如此公然挑戰台灣郎，不是膽大就是憨呆了。

他納悶地走近那堵牆，站在陽光照不到的側室，近距離觀察這幾乎絕跡了的東西。低頭，發現遺像前的水泥地面有重複踩踏的痕跡，鞋印一枚壓著一枚把原本深灰的泥地磨出一塊淺白，他於是臆想著武伯伯（或甚至是香港佬，據傳北京某報已逕呼孫文先生爲國父了）日日虔敬立於像前頂禮追思宣誓效忠的感人光景，背脊忽有一陣熱流通過，想這價值一一淪喪的十倍速時代竟然還存有這般小說中才得見的奇蹟，就在他此刻的腳下，哎呀一聲趕緊彈開，像踩中一尾長蟲。

突然一個女人的聲音：「喂，一碗豬肝粥。」

後來他才知道港佬的鹹粥攤作爲檳榔攤的精力補給站，是怎樣的一種屈辱的附庸地位。後來那位報到第一天就給他下馬威的檳榔妹莉莉，用尖銳的笑聲抗議新手老闆半天熬不出一碗可食的粥的難堪時分裡，他才知道，原來香港佬的粥讓檳榔妹們有體力邊包檳榔邊展示那一具具吸收營養發育得惹人垂涎的身體，於是構成了這街角趑步徘徊慾望之輪的重要一環，那樣不堪深思的處境。

「剛剛你的眼睛在瞄哪裡？」莉莉瞪著她的煙薰妝熊貓眼裝凶地詰問著，見他耳朵要燒起來似的便噗哧笑開：「哈哈你好好玩噢。」一巴掌拍在他手臂上，算是懲罰。

關於檳榔西施文化，他記得某回的大學同學會，幾個過三十肚腩不約而同微凸的男人席間聊起，仗著幾分酒意很是熱烈的辯論了一番。持反對意見的人大概是在政府相關單位工作，援引了幾條法令兼道德無限上綱，將當今社會風氣敗壞的因果牽扯上交流道下大膽露點露毛的檳榔西施們，說她們大多是未成年中輟生，給年輕人極壞榜樣。至於支持者呢，搬出了維根斯坦的 other minds 哲學研究，旁及彌爾的「互惠性自由主義」，主張只要不剝奪別人的自由權，任何人可以想做什麼就做什麼——畢竟「子非我，安知我不知魚之樂？」——還如此學了莊周說話。

那麼，當時自己究竟說了些什麼？

他用力回想，盯著前方莉莉檳榔妹的高聳胸脯努力想著，給想起來了，他記得自己是對著一幫老同窗說：

「就像憐憫草紙上那尚未沾染糞便的乾淨，憐憫完了之後還是得往那屁股洞擦下去，無奈呵。」

座上男人們紛紛笑罵他吃飯講這種的不衛生。於是他幸運地逃過一次自我道德／原欲成分組合的檢測。老實說那不雅的結論帶給其他人或只是加味的笑料，於他卻是一種永劫的疑惑，至今他猶不知自己到底是支持或反對那些——包括眼前這一個——檳榔西施透過原始本錢攬客的行徑，但拜託他畢竟是一個性向正常的成年男子，偶然行經那一長列迎風招展花蕊般女郎們競相搔首弄姿企求你停下來買個兩粒（指的是包了荖花石灰的檳榔果，眞的！）的街邊，竟也被觸發了心底蜷伏著的什麼幽微物事，而感覺能活著眞的是一件美好的事，這般的確鑿。

「你發什麼呆啊？」莉莉問。才第一天認識，直來直往的態度教他有些不習慣，結結巴巴應著，看那一枚塗了蜜膏的紅唇輕啓著又要訕笑，不自覺想起老爸漏風嘴這樣罵過兒子：「畏畏縮縮像沒長卵葩」，血氣猛然衝上腦門，大聲說——

「客人來了妳還不回去顧攤子。」

斯文敗類，他這樣看自己。也許這個莉莉亦是這樣看他，他委屈地想。這可是生平頭一遭與所謂的檳榔西施如此近距離接觸啊，這之前，他連想都不敢想（抑或是意識型態上有點潔癖性的排斥，不知道），所以語無倫次是正常的，面紅耳赤也是正常的。而且他終於會習慣，假如老爸玩眞的就要他幹起擺攤賣粥的營生，往後與這票女人相處的日子可多著呢。

這一天晚上回家，老爸問他店面如何，他笑笑地說：「可以做看看。」夜半三更從床上爬起來入浴室刷刷洗洗，被吵醒的母親問做什麼，邊搓內褲他邊含糊應聲，悶的。

隔天早晨醒來，後天早晨醒來，然後是大後天，大大後天，如此持續了近兩個禮拜，睡眼惺忪的挨坐餐桌邊，老父眼尖的問他是做了什麼春夢，怎麼臉色愈來愈難看，被狐狸精吸光精氣似的，他才驚覺自己露了餡，站到穿衣鏡前看眼袋沉重的臉，果然悽慘。母親問：

「要不要看醫生？」父親惱怒地喝：「查某郎沒知識！」要兒子振作一點，說汝爸當年踹舞廳被一群出來賺的團團包圍，今仔日猶然龜枝好好，汝莫要削我的面子，眞見笑。

他還是得回去，回去檳榔攤旁邊的鹹粥攤。手藝漸漸巧了，那早晚班的檳榔妹更樂於光顧他的生意，有時還特地交代他留一碗給大夜班的，用一隻瓷碗公盛著擺在檳榔攤內的電鍋裡保溫，姊妹情深。於是他免不了要和那些簡直沒穿衣服的女孩兒們常常面對面，將死，爲夜夢憑添諸多綺麗淫豔的材料。

倒沒有牡丹花下死的悲壯，也不想當個風流鬼，他只是，只是沉浸在一種單純的擬物快樂裡，像彩蝶眼中的一株無害的草，西施們不設防地把少少布料遮不住的姣好身體在他面前晃，彷彿他不是男人而是別的什麼無慾的生物，她們已習慣了他。

某回那個莉莉把她圓鼓的乳房貼著他的肩親愛地問東西煮好了沒他竟也臉不紅氣不喘，那時候，他亦明白，他也已習慣了她們。

無可如何。如此彼此習慣（平衡）了的，只能偶爾以單方面（他的）春夢形式獲得宣洩的索然情慾，似乎就要這般恆久無窮盡地延展下去，怕要兩爿攤子皆崩毀才能有個了斷吧？

然而不。

當他某天心血來潮將牆上的國父遺像拿下擦拭，因而發現遺像背後竟然遮掩著牆上的一個洞，那瞬刻，平衡的世界猝然歪斜了。

「這是？」他凝視著透光的圓孔，詫異，喃喃。

幾分鐘前才離開他店的另一個檳榔妹小美，她的聲音，忽爾從洞內傳出，他把眼睛慢慢湊過去，赫然就從那小洞看見他夢裡出現過多次的景象，也就是一對裸露的小乳，在光影黯淡的空間裡怯憐憐的顫抖。

「……哼，人家他要來接我……」

「……不是啊，我早到十分鐘耶……」

「……大頭啦，不理妳了……」

如水面下傳來的擠壓過的語音，斷裂跳躍地也從那小洞被竊聽，兩個檳榔妹就在那間光線不足的小室（更衣室？）裡有一搭沒一搭聊著，停頓的頃間則是穿脫衣物的窸窣聲，渾不知有人正窺視著而沒有絲毫羞赧。他屏息監看不遠處白蒼蒼的臀腿大剌剌的擺動，聆聽交接班的兩女在更衣上下班的間隙短暫的交談，以爲會有像YA影片中互比胸部罩杯或甚至出手互摸呵癢的鏡頭但沒有，這兩個允許在上班期間大方彎腰露出乳溝或僅著肚兜在一群機車騎士面前扭屁股遛那隻小博美的年輕女孩，在這樣隱祕的空間裡，卻只是素常且有些緊張地（怕有人突然闖進來？），一個剝掉辣妹裝正要穿回T恤牛仔褲，一個則把身上的普通洋裝一件一件脫下準備換上另一組辣妹裝，如此匆促的交換身分，且有疲累厭倦明明白白寫在臉上。

〈啊這竟就是國父遺像背後的祕密嗎？〉

〈這竟就是國父遺像始終沒被取下的原因？〉

他恍然大悟且駭異莫名地在心底吶喊著，隨後，怔忡感傷，當武伯伯那一個面牆把中山先生高高頂起的孤獨的背部恍惚在他腦海中浮現，一種劇烈的撕扯把過去鬆染著燦爛金粉的歷史頁刷的一聲撕去了。他酥軟無力地離開窺孔。這時候那個換好衣服的小美走到他店門口吃力地發動著一輛破機車準備回家，幾次抬頭朝癱在板凳上的他擠眉弄眼說掰掰，他滿心罪惡感的低下頭去，無勇氣看她。

〈妳不知道，剛剛我才看見妳伸手摳著妳的屁股蛋啊〉

是日晚，母親又聽見有刷洗聲而輾轉不能眠，起身走進浴室一看，是兒子，黯著一張臉在洗著床單。

經歷過青春期以來最嚴重的夢遺，幾次之後，他卻也慢慢習慣了。最讓他氣結的是，再度的平衡是自己竟然慢慢變得麻木，每一個檳榔妹的身體他都看過，即使有新來的或許頭幾天提供了點新鮮，可一段日子過去，窺孔裡的肉體又紛紛失去先前的魅力，剩下來的，除了猜內褲顏色（是不是窮極無聊？），說眞的他有時候確實不想再在她們交接班時把眼睛湊近那祕洞。

不過後來他又開發出另一種樂趣，也就是從那洞偷聽檳榔妹們的私密談話。聽她們有點幼稚的激辯誰誰誰的胸是做的還有哪個牌子的保養品值得刷爆卡云云，有一次他甚至偷聽到關於墮胎費用的討論，那個莉莉十足大姊派勢的開導著新來的那個臉色蒼白的小妹，要她堅強起來。

也許這就是國父遺像遲遲未被拿下的眞正原因吧，他們——武伯伯、香港佬以及更早的不可考的幾代店主——發現窺孔秘密之後，各人依性格發展出屬於自己的偷窺樂趣，永不厭倦或厭倦了亦捨不得放棄的，始終在心裡爲那洞保留了一個位置：「總是會有新鮮可看的啊」——他們或曾這麼堅信著。

包括他。

譬如某一回，從祕洞看見莉莉與檳榔攤老闆的五歲小兒子獨處。被外出批貨的爸爸託給大姊姊照料的小男孩，一臉惶惑面對祕洞立著，離洞更近的莉莉的赤金頭，背著窺視的眼睛沿著小男孩的胸腹緩緩下沉，停留，最後規律的擺動起來。他看到小男孩漲紅了臉，無助的表情。

那之後他便對小男孩關愛有加（基於同情與冷眼旁觀的罪惡感），不知情的人（所有人）還以爲他心腸好，將來肯定是個疼小孩的好老公。

「小何你夠義氣，」闊嘴矮腳虎看著莉莉幫餵兒子免費鹹粥，張著血盆大口對他豎起大拇指：「誰嫁給你誰幸福。」

他看著一臉媚笑的莉莉，心裡直發毛。

像這樣，如此不對等的遊戲，他與那些檳榔西施們玩著的，讓他逐漸掌握了隔壁檳榔攤的脈動。那些不得已出來賣弄風騷的女孩，漸漸以一種奇異的認識方式編進了他的記憶辭典裡：莉莉外表極女人，骨子裡卻有男人暴虐本質；小美家境清寒，但昂貴蕾絲內衣一件接一件換；聲稱有闊少包養的裘蒂，一件脫了線頭的老舊內褲穿了又穿；還有削了刺蝟短髮、客人盯太久會開幹的男人婆萍萍，下腹靠近私密處竟紋了某個男人的名……

然而這些女孩從未真正與他發生連結。小何來碗粥小何要不要哈一管小何你怎麼不交女朋友是不是 gay 啊她們如此親暱地喊他虧他，但沒有誰越界，而與他保持一種同事的關係。也許賣檳榔原本就是辛苦活兒（切或包檳榔果搞到腕關節發炎蹺腳蹺出骨盆神經痛更不用說隨時得應付上門找碴找樂子的痞子或條子），收了工哪個不是火速離開，只拋給他一句小何掰。所以他仍是無可如何。但他想如何？交個檳榔西施當女友嗎？還是當炮友？當老婆？——想到這他不禁心中一凜：也許這輩子注定要和這些女人廝混，當檳榔攤的伙伕當到死了。雖說他老爸也嚼檳榔，但打死也不會容許兒子交一個賣檳榔或賣過檳榔的七仔啊。

因而，當那個臉色蒼白的檳榔妹突然一臉驚恐奔進他的店說借躲一下，外頭隨之有男人憤怒吼叫的彼時，他愣愣地點頭，亂了方寸地就讓她躲進店內的廁所（一個髒臭陰暗的窄小區塊），不知屎之將擔。

事後被姊妹們喚作「阿彩」的女孩由他通知畏縮地從廁所出來，滿臉感激地對他說謝謝，他也是愣愣地搖著頭，就是一個爛好人模樣。

「討債的傢伙，竟找到這裡來。」女孩抱歉地說，眼底有水光浮動。

看著眼前那張憂鬱的臉，他最先想到的卻是洞孔裡的女孩的裸身，那樣遍體鱗傷的肢體。就是這幫討債鬼打出來的嗎？那眞的是慘不忍睹的景象，第一次見到那樣長的疤痕爬在女孩子嬌嫩皮膚上，從後頸延伸到上臀，蜈蚣一般的，他不知道那是什麼樣的凶器造成，但該次偷窺後他一整天心情都極差，喉頭發酸想作嘔。

「沒關係，能夠安全是最重要的。」他這麼對她說，發自肺腑地。

「老闆說你是好人，眞的。」那一雙童騃的眼眸忽忽顫動，望著他。

這之後，阿彩又來躲過幾次，債主，還有男朋友。

對，阿彩有男人了。

「那個狼心狗肺的東西，妳幹嘛還理他。」萍萍幾次氣憤地罵過來找女人要錢的男人，接著罵小媳婦般哭得涕泗縱橫的阿彩，他站在一旁看，不敢說什麼。

然而他還是繼續提供女孩一個躲藏之處，漸漸地，兩人熟起來，有時候女孩還會假裝躲債（但從不假裝躲男友），看他慌張地張羅著，然後站在旁邊吃吃發笑。漸漸地，他發現那對他來說過於青澀的眼神，有什麼無形的東西在滋長。當然他不會傻到把它認作愛情，不，不是，頂多就是溺水者想要抓住一根浮木的需要，他聰明地思索著。她有男人了，上回莉莉教她上哪間診所拿孩子，他還親耳聽到，怎麼可能，無可能啊。

〈草紙上那尚未沾染糞便的乾淨……〉

等到那天，國父遺像背後的祕密不慎被發現，「溺水者一隻手攀上他這根浮木了」，他簡直就要尿了褲子，嚇得腿軟。

是這樣的。那女孩某天下午又來店內躲，人走掉他回頭說OK的同時，看到國父遺像該死的已經被拿在手上。

「看到孫中山先生，突然好懷念以前當學生的日子噢。」女孩眼神飄忽地說，他知道，她注意到牆上的洞了。

最後女孩卻沒說什麼，默默把相框再掛回去，好像什麼事都沒發生。

然而他想，慘了。

女孩未把祕密揭穿，但待在更衣室的時間變長了，姊妹們笑說怎麼動作慢慢呑呑像阿婆一樣，他透過那個洞，看見她有意無意朝祕洞這邊瞟一眼，解胸罩脫褲子的手悠哉悠哉，裸露的身體跳舞似地繞著圈子，像要給他瞧個仔細，瞧個夠。他恨恨地把國父遺像蓋回去，暗罵一聲：賤。

回到家，老媽問他生意如何，他悶不吭聲把一顆檳榔塞進嘴裡惡狠狠嚼咬著，完全痞子樣的上樓，就連父親在背後夾雜台罵的呼嘯也不理了。

那時候他絕對想不到，事情竟然會以一個極血腥的悲劇收場，關於祕洞、糾纏上來的檳榔西施，以及他的悲哀。

是阿彩值夜班的日子，他走到店口洗鍋具，剛蹲下來就看到他們倆——阿彩與她男友——一前一後走進鐵皮屋，那扇玻璃門砰的用力關上。他悻悻然朝水溝吐了一口痰，邊洗鍋子，邊聽，洗到一半，鐵皮屋裡傳出調笑聲，索性把菜瓜布一扔，回店內睡覺。

接下來發生的，便有如夢一般，噩夢。

起初是細微的喘息聲，間夾著牆面撞擊的悶響，在人車漸稀而變得安靜的空氣裡飄移過來，他揉著眼睛從椅子上爬起，想隔壁那兩個傢伙到底在搞什麼鬼，下意識就把國父遺像掀起來，看：

「好像沒在這裡搞過，趁沒人……」

「不……不要！」

「不要啥，妳敢跟我說妳不要!?操！」

摑掌聲。啜泣。衣服撕裂聲。哀嚎。

「求求你……不要在這裡……回家，回家再給你，好不好？」

「回家？媽的！我就是要在這裡，怎麼樣！」

「你住手住手！」

又是摑掌聲。他看到女孩披頭散髮倒在躺椅上，顫抖著。

「太久沒騎妳，生鏽了是吧？」

「不要要要要要要要要要要要要要要要要要要！」

女孩拚了命地推開，剎那間，他看到那一雙哀怨的眼睛，直直望過來。

「媽個屄咧！」

他看到男人從櫃檯上抓了一把檳榔刀。

我操。

一刀。

我幹。

再一刀。

我……

男人瘋狂地罵著穢語朝著女孩軟癱的身體猛刺猛砍，每下一刀女孩便發出一聲「呃」，

他在洞的這端捂著嘴巴睜大雙眼，身體觸電般地劇烈顫慄，最後終於承受不住而往後坐倒。

那端霎時安靜了。

他鼓起最後一點勇氣，用觀看恐怖電影的眼睛，湊向那洞——

〈人……人呢?〉

然後突然,砰,洞口被堵住了。在粥店的燈光下,他看到一片血汙的東西,將祕洞塞滿。

然後他做了一件事。

他從地上拾起一根筷子,將那血紅色的,女孩斷氣前用最後一點力氣伸過來的手掌,從洞口頂開,啪他聽到那邊手掌落地的聲音,整個人崩潰了的開始咬唇痛哭,但仍盡量不發出聲音。

隔天,前來查命案的刑警說怎麼現在還有人掛這種東西並作勢要去觸碰那壁上懸吊著的國父孫中山先生時,他又激動地哭了一次。

「唉,先生眞愛國,沒見過這麼愛國的人,懸掛國父遺像又不違法,免驚啦。」操台灣國語的刑警先生如是說。

兩百萬買回草莓牛奶

「這是一個值得紀念的日子。」

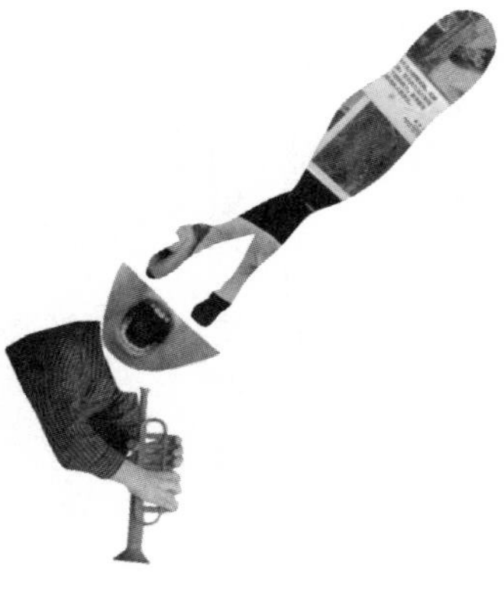

從報上得知草莓牛奶自殺未遂的消息之後，他回到位於東區窄巷的小套房，徹夜未眠地，將珍藏的三十餘捲AV影帶從頭看了一遍。因而，沒有出席隔天的微積分暑修。

當他的死黨像要拆房子似地拚命搥打那扇覆滿塵垢的房門，使原本陰暗潮濕的空氣充滿嗆鼻刺眼的粉霧，窩在棉被裡的他其實已經連續睜眼超過廿五個小時以致於眼睛裡布滿血絲，再接觸到這樣的混濁空氣，他那雙血紅目眶便立刻噴發出一股股的鹹苦汁液，濺濕了他那張槁如死灰的臉。

他的死黨將棉被扯開將他拉出的瞬間，見了鬼似地大叫起來。

「千金難買早知道，你哭屁啊？」同樣被當了微積分的落難兄弟瞧一眼床下，滿地的錄影帶匣，不屑地說：「是你自己看片爽了整晚，現在沒去上課，怪誰？」

「不—要—吵—我！」

「唷嘿，還耍性格，眞他媽屌的。……嘖嘖嘖，還統統是草莓牛奶的耶，你眞是她的頭號影迷啊。」他的死黨突然想起什麼，露出不可思議的表情：「哇靠！不會吧，你哭，不是因爲微積分，而是，而是因爲她自殺!?」

「現在你相信了吧。」他憂鬱的眼神直勾勾盯著前方：「我說過的，她和其他女優不一樣，她懂得愛。」

「哈，哈哈，哈哈哈。」他的朋友掩著嘴笑，一副吃驚的表情，說：「你這白癡，這樣就被耍了？」

「你說什麼！」

「不過是炒新聞的手段啦，像她們這種女人，哪敢夢想眞情眞愛咧，我看你該清醒一點……」

「我警告你，不要侮辱她！」

「草莓牛奶本來就是讓人開來喝滴。」

「住嘴！」

五分鐘後，他用背頂著關閉的房門，一邊舔著嘴角傷口的血，一邊在黑暗中品嘗肉體疼痛帶來的精神歡快。是的，此刻的他，暫時從悲傷的情緒裡跳脫出來，在他與死黨狠狠幹了一架之後，他爲了自己終能盡一份心力，爲他心目中的女神，純情的草莓牛奶，受了傷，一種甜蜜的幸福感油然自心頭升起，啊，到底沒有看錯人他這麼慶幸著，雖然明天開始或將失去一位朋友，但他毫不後悔。

喜悅讓他的胃甦醒過來。巨大的飢餓感令他走出凌亂如墳場的窩，走入再度降臨的夜色裡。接著，他下樓，拖著疲累的步子，走向巷口的便利商店。

本來悠哉低頭看著雜誌的男店員，見他走進，立刻露出警戒的神情，並且不安地挪動著櫃檯後的身體。他想，自己的模樣一定十分狼狽，便決定隨便抓瓶喝的就閃人。

他走到隆隆作響的冷藏架前。右手一伸出去，便要命地停留在他熟悉的矮胖瓶子上。

草莓牛奶。

霎時，那一張哀怨的、雜誌裡以黑白兩色攝住從死神手中脫困，卻陷入另一更惡寒黑獄的晦澀的臉，素顏的「草莓牛奶」，忽焉就疊映在那只曲線壓抑的粉紅色膠瓶的四圍，像冷雨盈滿的雲朵，慢慢地，鼓脹飄昇，然後一下子將他整個人吞噬。他的右手就這麼凍結在半空中。彷彿那些個無眠的夜裡努力從數不盡的慾望畫面反覆搜尋一絲眞愛線索的工作已讓他耗盡最後一丁點力氣，他的手不由自主地發軟，雙眼又充血了，遭始亂終棄的女神對負心漢的泣血控訴，那些尖黑如釘鉚的報導鉛字，再一次襲向他，刺穿他，最後封印住他的手部神經與筋肉。他以爲自己將永遠停格在這一個伸手向草莓牛奶的動作。

但忽然間，一個甜軟的聲音自右後方傳來。

「你要？」

輕柔的女孩子的說話，有如響自雲端，使他的手宛如一隻受驚的小獸霍地往後瑟縮。他轉過臉，楞楞地注視對方，那白皙無瑕的臉龐在日光燈的照射下煥發出奪目的光輝，使他初始看不清那五官。

「先生？」

逆光的嘴蠕動著。他發現自己正聚焦在那兩片豐潤多肉的嘴唇上，那微噘的角度，就像某種獵具的刃，緊緊勾割著他的視線，這也許是因爲有種熟悉的感覺正悄悄地侵入他的體內，這熟悉恰恰由那可愛的唇部領軍，接下來就要往更大規模的記憶版圖征服去——僅僅是兩秒鐘的事情——當熟悉感完整拼出了一張天眞無邪的臉孔，他瞬間止住呼吸，神經性的僵直從方才的右手蔓延全身——他成了一具石像。

在女神的面前，他被變成一具會說話的石像。

「草莓……牛奶？」

「對啊，剩這最後一瓶，你要不要？」女孩無表情地說：「不要的話，就給我吧。」

他伸手搓搓自己的臉，確定這一切不是夢。他不敢相信天底下有這麼相像的人，那眉那眼那鼻那額的高度與髮線的走向，更不用說那微翹的粉唇，根本是，根本是與他心目中的偶像同一個模子出來的，天啊，另一個「草莓牛奶」！

他頓時覺得一陣暈眩，身體搖晃著，出手搭在飲料架子上。

「喂，你還好吧？」女孩睜大眼睛看著他。

但他卻不敢看她。他轉身，面對著泡麵區漲紅了臉，雙手胡亂地摸著拿著一盒泡麵又放下，慌亂的樣子教人發噱。

女孩聳聳肩，拿了那一瓶草莓牛奶走向櫃檯。

他這時候便又鼓起勇氣轉過頭，偷看她的背影。很可惜，那顯然也非常完美的身體曲線被寬大的T恤罩著看不出來，不過那一雙從短褲延伸出來的細長白嫩的腿，已可說明這一點。他看著看著，心頭如有火炙地發燙。

可這夢境般的邂逅，即將在一分鐘之內宣告終結。他知道，在女孩結完帳走出店門之後，可能他這一生僅有的一次機會就要煙消雲散，而他從此就要過著一種行屍走肉的生活。所以得把握這一線契機。所以他壓根不管自己抓了什麼就往櫃檯奔去，幸福地跟在「草莓牛奶」的屁股後頭。

然而那個可恨的男店員卻偏偏與他作對。那超乎想像的結帳速度，使他未及嗅出「草莓牛奶」今晚用的是哪種口味的沐浴乳，後者便帶著她滿身的幽香，轉身離開櫃檯。

「五十。」男店員說。

他心不在焉的，看見櫃檯上擺著一盒牛肉碗麵，掏口袋，發現竟忘了帶錢。

他轉頭看著佇立等門的「草莓牛奶」，看那倒映在玻璃門上的美麗身影。玻璃門緩緩移動了。

「小姐，請等等！」

一個艱澀、苦悶的聲音忽從他的嘴裡蹦出來，那男店員慌亂伸手到櫃檯底下摸著什麼，女孩怔了一下轉過身，兩雙驚疑的眼睛一齊往他臉上瞪來。

「我……我忘了帶錢，可不可以……向妳……」

他還沒說完，男店員忽從兩隻鼻孔噴出兩道強勁的熱氣，哼哼的笑。那笑聲彷彿是說，臭小子用老套泡妞老子看多啦，但他豁出去的頭皮比什麼都硬，於是那笑聲便成無意義的咻咻空響。

玻璃門又關了起來。他從玻璃門的反射，看見自己萬分悲哀的表情。那就像一個等待判決的罪犯，而主宰其生死的法官，就站在他的面前——從錄影帶裡走出的「草莓牛奶」。

他看見「草莓牛奶」猶豫的表情。那表情消失之後，慢慢地，她從短褲的褲袋裡掏出一枚硬幣，放在櫃檯上。「我幫他付。」她對男店員這麼說。男店員張大了嘴巴。

他追出去的時候，差點撞上玻璃門，並且差點忘了從男店員手中接過那張發票。然後他跑到女孩的跟前。

「謝謝妳。」他覺得激烈跳動的心臟幾乎要從嘴裡跳出來：「謝謝妳借我錢。」

「才五十塊，沒什麼。」那晶亮的眸子透露一絲警戒，接著，她越過他繼續往前走。

「我要怎麼還妳？」他又追上去。

「不用了。」那踩著拖鞋的腳步加快起來。

「不行啊，我從不欠人的。」他一急就又擋在她的面前，粗魯地。

「噯，你到底想怎樣？」

「我，只是想還錢。」他摸摸上衣口袋，「妳等我一下。」

他奔回便利商店借了紙筆，回來時看到她還在，有種想哭的衝動。「妳的聯絡方式？」

女孩搖搖頭。

「不行？那好，我留我的手機號碼，」他覺得自己像一個想抓住最後一根活命小草的溺水者：「可以的話，妳打給我，我們約個時間見面，到時候我再把錢還妳。」他把紙條硬塞到那一隻綿軟的手裡：「包含利息。」

沒看她最後一眼的，他轉過身，頭也不回地朝自己的住處走。他一邊走著，一邊爲自己的癡心妄想感到難過。

〈也許，她等我轉身就把紙條扔掉了吧？〉

然而，他終究還是抱持著一線希望。當他回到那個充滿女神記憶的窩，看見散落四處的錄影帶與光碟片，那些對著鏡頭或笑或憂或熱情或冷漠好多好多「草莓牛奶」無敵可愛容顏，他的內心漸漸生出一種複雜情感，那就像是，對遠方的偶像的愛慕與憐惜，突然有了投射與補償的對象，而昔日不敢想望的幻夢，驀地竟爾成眞。此一希望的致命吸引力，漸漸支配了他整個生活，甚且改變了他。

現在，他不再沉浸情慾的想像裡。雖然不容易，但他下決心暫別往昔能夠倒背如流、如數家珍的，名女優「草莓牛奶」爲了工作與各式男人做愛的細節，那些交雜著清純與邪惡、歡愉與痛苦、眞實與虛僞、倫與不倫的色情鏡頭（其實都匯聚在那張永遠青澀孺稚的少女臉孔，眞的，到後來他只願意看那張臉孔，那輕微蹙眉同時緊閉雙眼的做愛表情），將它們封藏在一只空軍大背包裡，再塞進衣櫥與壁的夾縫。

一個更眞實的、更純淨的、手腕上沒有爲了賤男人的傻割痕的「草莓牛奶」已正式出現，他提醒自己，如果她注定專屬於我，我怎能先背叛她呢？等待，只有等待了。

於是日子在煎熬的等待中緩緩爬行。

一個月過去。

兩個月過去。

他枯坐新慾望的黑井底，仰望夏季陽光在井口點滴推移、薄弱、消逝，大學生的暑假已近尾聲，可他的女神還音訊杳然。

最後，三個月過去了。

九月的最末一日，他意興闌珊地從學校回到自己的房間，抱膝坐地，呆望床上的手機，讓絕望感無情地啃囓著心。

——她眞的把紙條扔了嗎？她扔了紙條又後悔，卻找不回來嗎？她找回來紙條，但上頭的字跡已經模糊，所以聯絡不上我嗎？還是她不好意思？她有男朋友？她出國去了？她，她會不會生病了？還是她已經⋯⋯

無盡的追問，無盡的沒有答案。他把臉埋進枕頭，想乾脆悶死自己算了。

就是這麼一個生死攸關的時刻，突然，他聽到手機鈴響。拿起手機一看，陌生來電。

「嗨，你還記得我嗎？」

記憶中的甜軟的聲音。頃間，他不明所以地熱淚盈眶，當那聲音輕易挑開他心內的閥，喜悅的淚水立時轟然決堤，在他清瘦的臉上泛流成江、成海。

「討債鬼來囉。」

「妳在哪？我想見妳！現在！」

他嘶啞著嗓子，將壅塞既久的情緒一股腦壓進空氣中的電波，遞給對方。

這是一個值得紀念的日子。

他終於順利地與他的女神見了面，實現了男人的原初夢想。穿著蘋果綠毛衣、紅格子百褶呢短裙與綴花白包鞋，活生生的「草莓牛奶」，就站在兩人約定的地點，嫣然笑著，候著他。他迫不及待地走向她，兩個人相認了。

他們就像一對情侶在台北街頭遊逛，一切就像夢幻愛情劇裡演的那樣，他小心地呵護著、伺候著她，而她竟然願意讓他牽著手過馬路，那一刻他簡直像走在雲端，暈陶陶。

一直到黃昏日落。

夕陽斜斜灑在涼亭的飛簷上時，他們兩個走在擁擠的公園裡，她突然提議進亭子裡坐坐。

他坐在冰涼的石椅上，滿臉幸福地望著她的臉，這時候他已經知道她擁有自己的名字於是他說：「安琪，今天玩得愉快嗎？」

「嗯。」那夕照染紅的側臉別向竹欄裡的一叢秋菊，依舊是無懈可擊的美麗，可他還是察覺到那臉上隱藏的不悅。

「妳有心事？」他焦急地問：「是不是我做了什麼讓妳不高興的事？」

「我只是在想，像你這樣的男生，值得交往嗎？」

「什麼意思？」

「能夠把一件事隱瞞得這麼徹底，完全不露痕跡，這樣的人，以後會不會把女朋友騙得團團轉？」

「妳到底在說什麼啊？」

「你說你喜歡我，那麼，」那臉轉向他，一邊的眼睛在陰影裡灼灼發亮：「你能對我坦白嗎？」

當然啊我當然對妳坦白他語氣堅定地說，看著眼前隨著天幕黯淡下去的半個身影與那摸不透的表情，他誠可剖開自己的胸膛證明自己的眞心。

「好，那我問你。你是不是有什麼話要對我說？」

「當然有，我有太多話要對妳說了！」他哀哀地看著她：「妳知道我等妳等得多苦嗎？這幾個月來我……」

「你猜這是什麼?」

忽然，她從皮包裡拿出一張紙。他低頭一看，是張發票。

「七月的發票你對了沒?」

他覺得一陣天旋地轉。

「這張七月開出的發票，差一個號碼就中頭獎。」他聽到那甜軟的聲音說：「差一個號碼，就有兩百萬!兩百萬!」

他終於明白了。

「妳約我出來，原來是爲了它。」他從皮夾的裡層拿出藏了三個月的信物，那一晚由「草莓牛奶」付錢，從男店員手中接過來的發票，他像珍寶一樣隨身帶著，而此刻，他毫不猶豫地將它擲在石桌上。

「就說你曉得中頭獎嘛，還想騙我。」叫安琪的燦然一笑，伸出手按住那張價值兩百萬的紙。

他沒再說半句話，起立，轉身，與那晚一樣，背著一雙他永遠不會知道的眼神，頭也不回地走了。

沒多久，網路上開始流傳一段長達兩小時的影片。

影片的內容是被剪光了性愛鏡頭的「草莓牛奶」特輯，據說第一個轉寄此部比純寫眞更無聊作品的人是一個大學生，據說他也是一個「草莓牛奶」迷。

望鄉的孩子

「那一夜，歡喜埋葬掉惆悵的那一夜，你被迫長大。」

清明，破曉陽光趕在露珠蒸散前將一棵梅樹照亮，於是一夜沉睡的枝枒遂在金黃中醒轉，奮力舉起纍纍梅果與露珠競豔，晶瑩剔透，璀璨動人。

「美麗的梅樹！」才滿八歲的你剛學會「美麗」與「梅樹」這兩組詞，但審美稟賦已讓你自然地將它們拼合，並以之加冕那群陪你走過嬰幼兒期的綠色夥伴，自家園子裡的梅樹。

彼時幼穉的你並不知道，在那樣不動聲色的美麗之下，現實的根苗正抓緊貧瘠的土壤夜以繼日地吮吸你父親勞動的血汗，爲了某個並不美麗的夢想，拚命長大；你不知道，在某些無言時刻，疲累的父親努力挺直腰桿凝視這些瘦骨嶙峋的梅樹，那眼底執迷不悔的冀盼亦悄悄在兒子身上流轉；你更不知道，當晨風徐徐拂動那一樹繽紛旺盛若火焰熾燃的梅花，它同時亦拂動著你命運的篝火，倘若那焰火一部分熄滅化爲一聲嘆息墜地腐朽，你的未來便也跟著發出一聲驚呼遺失一些片段——是啊，你與父親的梅樹，血脈相連經絡相接所有賴以生存的臟器皆緊密締結，這同氣連枝的宿命，早在你們尚未覺察彼此而以胚胎樣貌酣睡著的時候，便以一條看不見的臍帶作爲宣告。那命定的緣分讓你們有如孿生的兄弟姊妹。從誕生之日起，在父親的注視下，你們一同呼吸，大口大口呼吸，盡量健康，最好強壯，爲了那個並不太美麗的夢想務必生長得比誰都要美麗——這些，童騃的心渾然不知，但也無礙你天眞地讚美眼前的梅樹一如讚美園子其他角落栽植著的李花、桃花和山櫻，或者站在家門口就能看見的陳有蘭溪與望鄉山。啊，八歲，尙不識愁滋味的年紀，你這麼輕易這麼直接就在滿臉風霜的父親面前歌詠他的風霜，在露珠蒸散之前，在梅子成熟的前夕，說：「美麗的梅樹」，肆無忌憚，心口如一。在那樣眞誠的時刻，沒有哪個大人願意殘忍地戳破這露珠一般的童話。

但要不了多久，露珠便也蒸散了。依然是清明，梅樹著替各色衣衫，華冠麗服像欲出席一場盛宴，惟長成慘綠少年的你卻漸漸吝於讚美。

面對弄粉調朱的同根手足，你的心紛亂起來，不僅僅因為父親開始教你辨識梅子種類並要你牢牢記住：脆梅、秋梅、紫蘇梅……，也緣於你不時被提醒著在那一片翠綠中區分出階級品第：特優、優、劣……。這樣的情境，營造出幫著即將出場陪酒或遠嫁為妾的親愛姊妹梳妝打扮的複雜心情，令已習得比「美麗」一詞更繁複語彙的你，期期艾艾不願開口。

如此被閹割了審美稟賦的你，只能在黎明前黯著臉，無奈地尾隨父親手執籮筐穿梭於暗影浮動的園子裡，將發育成熟的梅子一顆一顆摘採下來，暫時也是最後一次收藏在你的懷抱裡。你肯定清楚，這些可愛酷似彈珠但多了股馥郁芬芳的小巧顆粒，就是父親的，喔不，是你們一家人共同的夢想；但你不願相信，她們馬上就要離開你家輾轉流浪，不多時在什麼地方就要被加工製成各式催人生津的果乾蜜餞，然後窒息在透明膠膜的封裝裡，最後定格成標註了「特優」的家族標本而與尚在山林間呼吸存活的家族成員不再相干。

諷刺的是，不願相信之事卻總是眞確得令人心痛。父親因此有了錢。對，庸俗的錢，高貴的梅子走了換來的東西，或者你也可以稱它新台幣，雖然庸俗卻能買到爺爺的菸、父親的酒、妹妹的奶粉，還有你的下學期。

於是，那一夜，浴著皎潔月光看清楚園子裡空洞憔悴的梅樹，你忽爾想起曾經學過但以爲此生沒機會使用的一個詞：惆悵。然不待你正式把這詞兒演練，屋子裡翕忽爆出爺爺與父親久違的笑聲，頃刻間使你有了一個領悟：在響亮高亢的歡喜之前，靜默低調的惆悵只有被掩埋的份。

於是，那一夜，歡喜埋葬掉惆悵的那一夜，你被迫長大。

長大，代表更多的希望，但責任往往先一步到來，擋在前頭。

「記住，你是個男子漢！」「不能照顧妹妹，就把她送給別人！」——邇來，類似的話愈來愈容易從父親口中奔出，語調不再有熟稔的溫柔，甚至陌生得令你害怕，你猜，是歲月積累的滄桑占據太大的位置，終至排擠掉人父最後一滴耐性。

但也有可能，是因爲梅樹的緣故。是因爲栽種梅樹的村民變多而願意收購梅子的盤商並未跟著擴大胃納與慈悲，於是在較諸天象嬗變或神靈恩威更爲巨大不可抗逆的，所謂市場供需法則主導下，你父親，村裡每一位巴望梅樹能夠幫助家人擺脫貧窮的父親，這群園藝知識遠多於經濟學常識的可憐賭徒，被逼著參加一場相互淘汰的嚴酷賭局。當然，最後每個人都是輸家，而贏得勝利的莊家——盤商，得以低價買收每一位梅農的心血、夢想，以及尊嚴。

你的父親再一次廁身傷心者行列。傾注一腔熱血企圖填滿「未知」這口無垠之海，這荒謬戲碼於其半百生命裡也不知搬演過幾回，你爲眼前男人感到悲哀。幾度，你會想趁他又醉得不省人事，用盡所知能夠羞辱一個傻子的字眼，痛快地罵他一場，但你不能，因爲那恰巧也是你膽敢近距離端詳他的絕佳時機。很可笑不是？在自己的父親醉倒之後，孩子才敢仔細的看看他——但只一眼你便後悔了。

你駭異地發現，曩昔的巨人又悄悄頹萎了一點，在滿園植物勃發抽長的時候，你的父親暗自矮縮，蒙著一張皺紋漸增的粗糙黑皮蜷曲著像要退化成一具蛹。也或許不是退化，驚魂甫定的你自我安慰，想這蛹倘能寂然蛻化，蛻化成一隻蝶，倒也是一種解脫，於是你賣力想像那隻父蝶翩翩飛舞的模樣，想他飛離一切苦厄還有該死的酒精，想他無憂無慮地在山谷間翱翔……。

但現實攪起的風暴旋即將浪漫的蝶翼撕個粉碎，餘下醜陋蝶身，掙扎蠕動。你看清楚了，那甚至不是殘蝶而是無能蛻變的病蛹，當那身酒臭因著肉體的燃燒而瘋狂漫漶，那一張老臉繼續沉淪氣味的溷河變易著癡愚嗔怒的可笑表情，且時不時將那肥唇擠壓成痛苦圖騰，讓黏膩的呻吟在宛若深淵的喉嚨裡迴盪不止。

這竟然就是我的父親？你問，但現場再無他人，顯然答題者還是你自己。不過你的回答無關緊要無可如何，因爲答案自己撲過來攫住了你——那個男人，不容分辯是你父親的男人，赤著一對牛眼攫住你的雙肩沒頭沒腦地搖撼，恍惚中妹妹的哭聲從世界的盡頭傳來，幽邈而哀傷，於是你知道是她驚擾了病蛹裡那縷受傷的靈魂，是她滾燙的嚎啕，溶蝕掉惡魔的殼膜，令囈語闖越夢與眞實的界線僞裝成父親，把你抓住。

你惶恐地迎向那雙狂亂的眼，無法拼讀其中意涵，同一時間，你看見幼時賜予你愛撫的那張大掌，巨蛛一樣朝你頭臉撲來——啪！清脆響亮的，肉與肉的拍擊，像單音節的咒詛，於你右頰烙下不祥的印記。

「妹妹在哭，你沒聽見嗎!?」神智不清的父親這樣咆哮，你怨恨地搗著五道熱辣的指痕，匆匆走過木然的爺爺面前，走向披頭散髮跌坐地上哭得涕泗縱橫的妹妹，將她三歲的稚嫩身子抱起，奪門而出。

你往一片廣袤杉林奔去。背著啜泣的妹妹，雙份的體重使你的赤足與崎嶇山路的衝突愈發激烈，但你強忍著踩踏尖石與鬼針草的刺痛，循著杉林小徑疾行，也不知走了多久，汗水濕透兩人的衣衫你依然不肯停步。要走去哪兒？你搖搖頭。這就叫「逃家」吧？學校老師說過，現在你終於親身實踐，沒錯，你要逃家，逃離那個充滿嗟嘆與怨懟的家，但眞正逼你出走的恐怕不是這些。

這時你已經穿越杉林，前方出口的光暈裡依稀出現熟悉的身影。你走向前，確定那正是一群梅樹，又是梅樹，但焦黃乾枯的樣貌說明她們是群自生自滅的野梅，無人看顧的野孩子，恰恰呼應兄妹倆現下的處境。但野梅遭荒棄前，可也是亭亭玉立、眾人呵護的家梅吧？你如此憐惜她們，好像自己也得到安慰，但林子最後一片涼蔭終究結束於植被由高而低的落差裡。你抬起頭，再低下頭，不忍見灼日踐踏而窸窣哀鳴的友朋——然後，你的眼睛終於滲出那種鹹苦汁液。

或許你該感謝螫目的陽光給你一個藉口僞稱自己沒哭，但低頭走在梅樹中間，妹妹潺濕的胸膛一下一下傳遞心音於你的背脊時，淚珠確實一顆一顆自你的眼眶悄然滑落。是啊逃家，逃離那個殘缺的家，你不暫時出走的話，父親又要叨叨絮絮，用刻薄的口吻啓開孩子最不堪聽聞的話題：「你那個不知羞恥的母親……」

那個男人，此生不可能原諒離他而去的妻，一如你無法諒解你的母親。是基於什麼理由，使得一個母親狠心忍心在襁褓中的嬰孩猶待哺乳之際，偷偷離家一去不回，這問題你已思索千遍，如今已倦了厭了，不願多想；惟教你憤慨難平的是，父親屢屢在幾杯黃湯下肚之後，用這痂疤教訓你彷彿是你造成的傷故要你爲它受懲——這是什麼道理？

無稽的罪愆，如同母親拋夫棄子的懸疑，你知道就算耗盡腦力仍不得其解，於是你選擇逃家，像母親逃離自己的丈夫那樣逃離你的父親，以及那屋子裡縈繞不去的痛苦回憶。

「哥哥，熱……」

然最可憐的還是在你背上紅著小臉氣喘吁吁的妹妹。無辜的小腦袋瓜早早被抽去「母親」這個概念，填補空缺的是流不盡的眼淚，像一只飽脹的吸水海綿，經不起一壓，一壓則潸潸淚如雨下，難以遏制。你極疼惜她。她什麼都不懂，這乖謬的世界本與她無關，可沒料到親愛的媽媽也在那個世界裡。

「媽媽走了，妳可知道，媽媽丟下我們走了……」你慶幸妹妹聽不懂「媽媽」這兩個字，也許將來吧，將來她會從別人嘴裡或者課本上認識這兩個字，並因此感受人間的至悲至痛，但現在，她仍懵懂無知，仍可以讓哥哥與她相互取暖而無虞小腦袋瓜裡的淚海又要決堤。你背對著她，自私地將哀傷傾洩在無聲流淌的淚水裡。

「妹妹乖，哥哥帶妳去看彩虹。」

你抹抹鼻子，揹在身後的雙手奮力往上一提，讓淚痕已乾的妹妹幾乎坐到你的肩上而哈哈大笑，你於是加快腳步，像一陣風似地往前方隆隆震響的聲源奔跑。

一整個下午，在水霧迷濛的雙龍瀑布前，兄妹倆比賽著收集飛瀑上的彩虹。

那麼，你們將會巧遇小寧。

我這麼設想，首次逃家的兄妹，碰巧和也在雙龍瀑布遊蕩的一名布農少年遇上，大家總喊他小寧，是你國小同窗。

「嘿，是你！你也來了？」小寧咧開大嘴衝你一笑，從一棵相思樹上跳到你面前。你反射性地往後一步。

「你妹妹？」他問，你可能答他，也可能不，但他都會一笑走開，然後坐到一方大石頭上望著瀑布發獃。

其實你不特別喜歡這位同學。你不喜歡他，除了他身上總有股怪味，經常蹺課、不寫作業等等，也是讓你排斥他的原因。現在你遇上他，覺得困窘，因爲你不想讓他知道你逃家了。

「這兒我常來。」突然，小寧開口說話，但他依然望著白色的水花，沒看你。「你們坐在教室上課的時候，我賣完便當就會跑來這裡。」

「賣……便當？」

「對啊，在東埔溫泉那邊，有時候在坪瀨。」

「你是說，你沒來學校上課，是去賣便當？」你有些詫異。

「不一定啦。」小寧拾起小石塊，往瀑底的水潭打水漂。「有時候作業沒寫，就不想去學校。去了會被老師處罰。」

「那就寫啊，寫了就不會被罵了。」你的簡單邏輯。

「寫？我不會寫。」他的笑容消失了。「你有爸爸可以問，我沒有。」

瞬間，你心裡有什麼被打開了。在你震顫的心的底部，時光之流回溯，回到小學開學的那一天，你坐在教室，書包裡有媽媽親手做的便當，陪你報到的父親笑吟吟站在窗外，你也微笑看他，然後，小寧神色匆匆、滿頭大汗地出現了。

你看見一個小男孩與一位駝背老人，一前一後通過走廊，走進教室。

「這是我爺爺。」小男孩仰頭對老師說。

那一幕，你印象深刻。

後來小男孩每天依然神色匆匆、滿頭大汗地到校，但他爺爺不再跟來。

同學說，小寧住在遙遠的村落，每天要走半個多小時的山路來上學。

同學說，小寧和他爺爺一起住，他沒有爸爸媽媽。

同學又說，小寧有個爸爸，但是他爸爸到外地工作賺錢，所以把小寧託給爺爺。

那小寧的媽媽呢？他的媽媽呢？

回過神，我發現你注視這位同學的眼神變了。料必你不會追問他母親的行蹤，當你憶及面容逐漸模糊的母親，你對眼前這個孤單的孩子寄予無限同情。

你甚至比他多了父愛的翼護啊。

「爺爺本來就不識字，現在他的眼睛又看不見，怎麼教我功課？我好希望爸爸能夠回家喔，沒有錢，我可以去賣便當，這樣他就不必離開我了……」

你羞愧地避開那對深邃烏亮的眸子。

之後，在小寧離開之後，你背起妹妹，走在回家的路上。

在天空被晚霞髹染通紅的黃昏裡，你踩踏來時的崎嶇山路，意志堅定地往家的方向走，步伐輕快如履平地。

令人釋懷的結局。

然而，我不禁懷疑，安排這樣一位恍若對照組的布農少年來啓蒙你，算不算是一種冷血的投機？假如，在那個逃家的酷熱的下午，在雙龍瀑布前，你沒有遇上這位「小寧」，你的人生，你妹妹的人生，將有什麼樣的轉變？

或許你班上並沒有這樣一位同學。但我確切知道，在南投的山地鄉，有不在少數的原住民孩子，過的正是小寧的人生。彷彿其中一個部落的名字已作了預言，「望鄉」，這些無法抉擇的孩子，面對資源短缺、發展受限的環境，注定要遠赴他鄉打拚，然後在無數個寂寥的夜，想望千里外的家鄉——就像小寧的父親。

「但是，我以爲『望鄉』還有另一種涵義。」多年以後，再度回到梅樹圍繞的家，你說：「不論身在何處，不管走了多遠，要記得，想望自己的家鄉。」

回答我，這是否是我另一個天眞的假想？

後記

等待本書付梓的空檔，偕妻女去了一趟東京。履行歲末旅遊的承諾是藉口，我更想趁機遠離台北，把自己置入一個迴然陌生的地域。

光怪陸離的台灣社會，曾經供養我以無盡的小說素材，卻也如春藥之毒，讓耽溺其中的寫作者逐漸喪失健康。橫跨多年的書寫狂熱，終究未將身兼多職的我燃燒殆盡，只是常有難以言說的疲憊，灰燼般掩蓋我的身體。從平面寫到網路，我的野心未嘗一日消滅；部落格的誕生，讓文字從此突圍，不再拘束於發表平台的時空限制。面對如斯的解放，寫作，恰恰需要比往昔更為高深的自律。而我也以為問心無愧，竭腦枯腸搜羅可述之事，其結果就呈現在諸君面前，譬如本集子的十四篇章，以及礙於出版篇幅必須割捨的其他作品。美國作家威廉．金澤說過：「寫作者寫得辛苦，可以讓讀者讀得輕鬆。」我不知道讀者們的觀感如何，然而，思憶這幾年的創作歷程，洋洋灑灑數十萬言，字句皆從靈魂深處嘔出（雖則，伴隨此般的產出速度，乃有技藝上的瑕疵待修補）。

寫小說，幾乎佔去大半的人生。掏光了氣力在「寫作」這件事，同住一個屋簷下的親人往往比我更艱難。他們該已積壓了龐大的怨氣，當我犧牲居家歡樂，埋首於苦悶的案牘之前，我不是自以為是的作家，我是缺席的丈夫與失職的父親。但天可憐見，妻子選擇吞忍，女兒還不到叛逆的年紀。我的寫作熱情老早分裂成固執與譫狂，他們仍痴痴等待那個熟悉的男人迷途知返。到最後，連我自己也被困住了。莫名的亢奮，瘋子似地想像，編造一個又一個虛構的世界，我漸有感覺，要回歸尋常的眞實生活，竟越來越難。恍若一個越戰退伍軍人。沙場亡命歸來，那些離亂顛倒的場景從此拋割不去，更要凌擾餘生。小說家H君嘗言，畢竟寫作是個人的戰場，不想讖語竟以這樣嚴酷的形式應驗在我的身上。終於，激情退散，取而代之是等量的倦怠。終於，我的精神與肉體同感厭膩，渴望休養。眞是好不容易的，一家三口才能搭上飛機，暫別因爲男主人而變得有些乏味的家。被迫停筆的我，則從那一張充滿壓力的書桌前，逃開。

出乎意料的，那一趟短程旅行竟帶來某種玄奧的撫慰效果。

從成田機場開往日暮里的途中，我與妻女擠在京成特急的車廂內，三人睜著好奇的眼睛四處張望，模樣彷彿剛出世的嬰孩。從異邦乘客的身體間隙望出去，島國十二月的天空澄淨如洗，更襯托東京通勤族的裝扮奇麗。由於機場位在較偏遠的郊區，沿著鐵道兩側迤邐延伸的，多是充滿鄉村氣息的景色。起落有致的山稜，滿畝碧綠的田野，外型素樸的木造平房，還有低頭啃草的乳牛。午後陽光將這些景物映照得金碧輝煌，那當下，釋放全身感官，細細品味異國風情的我，內心突萌生一股奇妙的震撼。同車幾個穿著水兵制服的日本高中生開始鼓譟。想必剛放學吧，彼此壓低了聲量，難掩興奮地交換著祕密的語言，當然我完全聽不懂她們的談話內容。可在那一瞬間，乾冷的關東空氣裡頭似乎鼓湧起某種極熟稔親切，或可喚作戲劇張力的東西，將我昏死的創作意志又挑動起來。這般溫柔，不著痕跡，想像與眞實忽然緊密地結合成一體。身處其中，絲毫沒有「爲何寫」「寫什麼」「怎麼寫」的焦慮，我爲著自己能與這些可愛人兒呼吸相同的空氣而感到幸福。

說到底，是生命的豐美療癒了我的疲累與空虛。更準確的說法是，置身異域的陌生感，讓我曉得自己要更謙虛，試著去體會，而非劫掠。拼命地刨挖題材，拼命地把每一個空格塡滿，我曾經這樣看待自己的寫作策略，也用同樣的態度看待自己與這個世界的依存關係，結果卻錯失了許多眞正的價值。我並不後悔走過的路，一如無悔於每一個寫下的字。我只是頓悟到自己的侷限，相較於這世界的寬宏大量，我絕不能因爲寫出仿諷現實的荒謬故事而驕傲自滿。來日方長，可供學習探索的事物仍多。如今回顧這本集子裡的舊作，赫然發現，多篇故事的主人翁咸爲天眞浪漫、等待啓蒙的少年，難道不是巧合。果然，小說人物斷非小說作者的掌中傀儡。小說家願意投入自己的人生，還懂得謙虛，或許就不必像我這樣疲憊地繞一大圈又回到原點，至少，可以寫得快樂一點。

最後，我要感謝印刻出版社賦予本書如此奇蹟的名字。他們對我的東京之行毫無所悉，卻能默契地以一個意味深長又頗懷舊的書名來總括我的作品。於是我愈發佩服，亦更願意相信，卡爾維諾發掘的那個果醬與麵包的譬喻，關於想像與現實，它們彼此之間的牽連，也許就如我的小書與我的啓蒙之旅，頭尾相接，連成一個美妙的圓了。

文學叢書

72.	無傷時代	童偉格著	260元
73.	冬之物語	劉大任著	240元
74.	紅色客家庄	藍博洲著	220元
75.	擦身而過	莫　非著	180元
76.	蝴蝶	陳　雪著	200元
77.	夢中情人	羅智成著	200元
78.	稍縱即逝的印象	王聰威著	240元
79.	時間歸零	林文義著	240元
80.	香港的白流蘇	于　青著	200元
81.	少年軍人的戀情	履　彊著	200元
82.	閱讀的故事	唐　諾著	350元
83.	不死的流亡者	鄭　義主編	450元
84.	荒島遺事	鄭鴻生著	260元
85.	陳春天	陳　雪著	280元
86.	重逢——夢裡的人	李　喬著	280元
87.	母系銀河	周芬伶著	220元
88.	消失的台灣醫界良心	藍博洲著	280元
89.	影癡謀殺	紀蔚然著	150元
90.	當黃昏緩緩落下	黃榮村著	150元
91.	威尼斯畫記	李　黎著	180元
92.	善女人	林俊穎著	240元
93.	荷蘭牧歌	丘彥明著	260元
94.	上海探戈	程乃珊著	300元
95.	中山北路行七擺	王聰威著	200元
96.	日本四季	張燕淳著	350元
97.	惡女書	陳　雪著	230元
98.	亂	向　陽著	180元
99.	流旅	林文義著	200元
100.	月印萬川	劉大任著	260元
101.	月蝕	施珮君著	240元
102.	北溟行記	龔鵬程著	240元
103.	像一盒巧克力——當代文學文化評論	范銘如著	220元
104.	流浪報告——一個台灣旅人的法國行腳	阿　沐著	220元
105.	之後	張耀仁著	240元
106.	終於直起來	紀蔚然著	200元
107.	無限的女人	孫瑋芒著	280元
108.	1945光復新聲——台灣光復詩文集	曾健民編著	280元
109.	我未來次子關於我的回憶	駱以軍著	240元
110.	辦公室	胡晴舫著	200元
111.	凱撒不愛我	王健壯著	240元
112.	吳宇森電影講座	卓伯棠主編	280元
113.	明明不是天使	林　維著	280元

114.	天使熱愛的生活	陳　雪著	220元
115.	呂赫若小說全集（上）	呂赫若著／林至潔譯	350元
116.	呂赫若小說全集（下）	呂赫若著／林至潔譯	350元
117.	我愛羅	駱以軍著	270元
118.	腳跡船痕	廖鴻基著	320元
119.	莎姆雷特——狂笑版	李國修著	220元
120.	CODE 人心弦——漫遊達文西密碼現場	伍臻祥著	240元
121.	流離記意——無法寄達的家書	外台會策畫	260元
122.	腿	陳志鴻著	180元
123.	幸福在他方	林文義著	240元
124.	餘生猶懷一寸心	葉芸芸著	360元
125.	你的聲音充滿時間	楊佳嫻著	180元
126.	時光隊伍	蘇偉貞著	270元
127.	粉紅樓窗	周芬伶著	220元
128.	一個人@東南亞	梁東屏著	260元
129.	人生，從那岸到這岸	外台會策畫	240元
130.	浮花飛絮張愛玲	李　黎著	200元
131.	二〇〇一：洄游之旅	張　復著	240元
132.	野翰林——高陽研究	鄭　穎著	300元
133.	鱷魚手記	邱妙津著	240元
134.	蒙馬特遺書	邱妙津著	200元
135.	鏡花園	林俊穎著	240元
136.	無人知曉的我	陳　雪著	280元
137.	哀豔是童年	胡淑雯著	230元
138.	棗與石榴	尉天驄著	240元
139.	孤單情書	袁瓊瓊著	200元
140.	玉山魂	霍斯陸曼・伐伐著	330元
141.	老憨大傳	郭　楓著	400元
142.	走進福爾摩沙時光步道	曾心儀著	300元
143.	反叛的凝視——他們如何改變世界？	張鐵志著	199元
144.	繾綣情書	袁瓊瓊著	200元
145.	小說地圖	鄭樹森著	180元
146.	史前生活	賴香吟著	200元
147.	霧中風景	賴香吟著	200元
148.	晚晴	劉大任著	260元
149.	冰火情書	袁瓊瓊著	200元
150.	真情活歷史——布袋戲王黃海岱	邱坤良著	180元
151.	掌上風雲一世紀——黃海岱的布袋戲生涯	黃俊雄等著	280元
152.	聖與魔——台灣戰後小說的心靈圖象	周芬伶著	320元
153.	陳黎談藝論樂集	陳　黎著	280元
154.	陳黎情趣散文集	陳　黎著	280元
155.	最美的時刻	明夏・柯內留斯著／楊夢茹譯	260元

156.	航海家的臉	夏曼・藍波安著	200 元
157.	時光倒影	周志文著	240 元
158.	老師的十二樣見面禮	簡　媜著	320 元
159.	樂園不下雨	李　黎著	240 元
160.	南方澳大戲院興亡史	邱坤良著	320 元
161.	曖昧情書	袁瓊瓊著	200 元
162.	白米不是炸彈	楊儒門著	260 元
163.	江湖在哪裡？——台灣農業觀察	吳音寧著	450 元
164.	態度	陳思宏著	260 元
165.	哈德遜書稿	陸先恆著	240 元
166.	自己的空間：我的觀影自傳	李歐梵著	240 元
168.	紅樓人物的人格論解	余　昭著	300 元
169	談文藝　憶師友——夏自清自選集	夏志清著	320 元
170.	色戒愛玲	蔡登山著	200 元
171.	從諾貝爾到張愛玲	鄭樹森著	260 元
172.	認得幾個字	張大春著	280 元
173.	項美麗在上海	王　璞著	290 元
174.	一個女人的筆記——盛氏家族・邵洵美與我	盛佩玉著	330 元
175.	相忘於江湖	張輝誠著	260 元
176.	邱妙津日記（上下）平裝	邱妙津著	599 元
177.	夢中邊陲	羅智成著	220 元
178.	東谷沙飛傳奇	乜寇・索克魯曼著	300 元
179.	殘念	顏忠賢著	260 元
180.	紅樓人物的人格論解	余　昭著	300 元
181.	絳唇珠袖兩寂寞——京劇・女書	王安祈著	320 元
183.	經典可以這樣讀——于丹・易中天演講對談錄	于丹、易中天著	240 元
184.	消逝在二二八迷霧中的王添灯	藍博洲著	340 元
185.	張愛玲來信箋註	莊信正著	230 元
186.	孤獨，凌駕於一切	艾　雯著	220 元
187.	事後——香港文化誌	陳冠中著	260 元
188.	慕尼黑白	陳玉慧著	299 元
189.	余光中六十年詩選	陳芳明選編	360 元
190.	愛無饜	林郁庭文／歐笠嵬圖	320 元
191.	鄉關處處——外省人返鄉探親照片故事書	外台會策畫	260 元
192.	她睡著時他最愛她	陳　雪著	230 元
193.	匿逃者	賴志穎著	240 元
194.	天不再空	余　非著	260 元
195.	草莓牛奶の望鄉	陳南宗著	260 元

文學叢書 195

草莓牛奶の望鄉

作　　者　陳南宗
總 編 輯　初安民
責任編輯　丁名慶
美術編輯　黃昶憲
篇名圖像提供　黃子欽
校　　對　吳美滿　丁名慶　陳南宗

發 行 人　張書銘
出　　版　INK 印刻文學生活雜誌出版有限公司
台北縣中和市中正路 800 號 13 樓之 3
電話：02-22281626
傳真：02-22281598
e-mail:ink.book@msa.hinet.net
網　　址　舒讀網 http://www.sudu.cc

法律顧問　漢廷法律事務所
劉大正律師
總 代 理　展智文化事業股份有限公司
電話：02-22533362・22535856
傳真：02-22518350
郵政劃撥　19000691　成陽出版股份有限公司
印　　刷　海王印刷事業股份有限公司

出版日期　2008 年 7 月　初版
ISBN　978-986-6631-15-3

定價　260 元

國家圖書館出版品預行編目資料

草莓牛奶の望鄉／陳南宗著；
--初版，--台北縣中和市：INK 印刻文學，
2008.07　面；　公分（文學叢書；195）
ISBN 978-986-6631-15-3（平裝）

857.63　　97010642

INK

INK INK INK INK INK INK
INK INK INK INK INK
INK INK INK INK INK INK
INK INK INK INK INK
INK INK INK INK INK INK
INK INK INK INK INK
INK INK INK INK INK INK
INK INK INK INK INK
INK INK INK INK INK INK
INK INK INK INK INK
INK INK INK INK INK INK
INK INK INK INK INK
INK INK INK INK INK INK
INK INK INK INK INK
INK INK INK INK INK INK
INK INK INK INK INK
INK INK INK INK INK INK
INK INK INK INK INK
INK INK INK INK INK INK
INK INK INK INK INK
INK INK INK INK INK INK
INK INK INK INK INK
INK INK INK INK INK INK
INK INK INK INK INK

INK INK INK INK INK
INK INK INK INK INK INK
INK INK INK INK INK
INK INK INK INK INK INK
INK INK INK INK INK
INK INK INK INK INK INK
INK INK INK INK INK
INK INK INK INK INK INK
INK INK INK INK INK
INK INK INK INK INK INK
INK INK INK INK INK
INK INK INK INK INK INK
INK INK INK INK INK
INK INK INK INK INK INK
INK INK INK INK INK
INK INK INK INK INK INK
INK INK INK INK INK
INK INK INK INK INK INK
INK INK INK INK INK
INK INK INK INK INK INK
INK INK INK INK INK
INK INK INK INK INK INK
INK INK INK INK INK
INK INK INK INK INK INK